AQUARIUS

AQUARIUS

AQUARIUS

AQUARIUS

每個人心中都有一座島嶼，
藉文字呼息而靜謐，
Island，我們心靈的岸。

不讓你看見我的眼淚

——阿嬤、妹妹和爸媽

◎獅子老師

獻給我的故鄉
——台南，安定。

他們都感動

人世間有一種切不斷的愛，那就是——親情。

作者以平實的筆觸敘寫她與父母、族親的溫馨相處。尤其是對妹妹之間的深情相繫、對其病痛的不捨與疼惜，並細數姊妹共有的美好時光……字裡行間流露著真摯的情感，讀來不禁淚濕青衫。

淚總有停的一刻，但愛與盼望卻永無止息。

你準備好手帕了嗎？故事就要開始了……

——唐連成（新北市立圖書館館長）

獅子老師在這本書中每字每句都裹著對家、對妹妹無盡的愛意。在家庭意義越來越被漠視的現代社會，此本書無疑的讓我們心中再次燃起對家庭與親情價值的相信。在我們為人生各種患難奮鬥與堅持克服的過程，能讓我們繼續有勇氣走下去的，其實就是這一份無條件的愛，與不輕易離去的依靠。謝謝獅子老師和妹妹之間的感情，讓我的心再次溫暖起來，也再度相信：愛，是一切的答案與意義。

——蘇絢慧（馬偕紀念醫院協談中心諮商心理師）

【推薦序二】

最好的時光

錫安媽媽（「錫安與我」版主）

那是八月底的某個夜晚，我瑟縮在登機門旁的座位，攝氏十度的寒冷，連日時差的頭昏。班機延誤，我打起精神上網收信，開始寫這次開會的報告提綱，突然看見私人信箱裡躺著一封獅子寄來的郵件。

報告馬上被拋到腦後，我直接把游標移到「獅子」。郵件展開，除我以外，其他幾位收件者都是這些年來爬文認識的格友。獅子在信裡告知她要出書的消息，並說明附件裡有四個檔案，分別是獻給我們這幾位朋友的。

迫不及待，我打開那份屬於我的附件，然後在赫爾辛基機場的登機門前，我緩緩的把身體往下移，好使自己的臉可以埋在電腦後，擤擤鼻涕，不讓身旁旅客看見我發紅的眼眶。

獅子邀請朋友為她的新書寫序，她便先為我們這幾位朋友各寫了一篇文章，記錄我們如何與她相遇，我們如何在彼此的生命中交錯。這就是她，禮貌、優雅卻溫暖，從不吝於付出關懷。我常說她血液裡淌著台南人的熱情，舉手投足則流露出多年旅居國外的風情。看她寫家鄉、家人，如同聽ABC說台語，外國人唱〈雨夜花〉，既現代卻絕對聞得到草根味，簡直是另類的鄉土文學來著。

事實上，我一直想為獅子寫篇文章很久了，連篇名都已經訂好，就叫〈最好的時光〉。一聽到我要寫她，獅子總是跟著興奮，但當我興致勃勃、鉅細靡遺的描述內容，她都會說不了不了，還是不要寫好了。

我與獅子的交集，發生在她回台開始新生活、與我即將結束舊生活前那段時光。開始新生活，她需要重新適應許多的人事與環境；而即將結束上一段生活的我，雖知風雨欲來，卻又不清楚下一步該怎麼走。

在彼此生命中的這種時刻相遇，不算最糟，卻也算低潮，但每當我有機會與獅子相處，無論是透過電話、見面、或郵件，哈哈大笑、或只是抱著話筒哭，她所給予的愛和友誼是這麼強大，大到可以勝過一切的憂傷。我喜歡午休時上線與她聊聊，想到有趣的事就傳簡訊給她；當家裡裝修、我跟工頭吵架後打電話給她，她笑我台語太差說不過人家；被主管無理對待，她聽了我的描述後不禁感嘆：「小妹，你的人生怎麼可以不斷遇見一些怪咖啊？」

本來已經開始寫辭呈了，聽到她這個結論，我放聲大笑起來，真的耶！哈哈哈哈哈⋯⋯

我從來沒辦法完成〈最好的時光〉，不是因為文內將揭露太多獅子的祕密，寫出來會成為八卦雜誌。而是因為有些事，他人讀來看似悲慘，卻不了解那其實是滋潤我們的養分，是我們如何成為我們的元素。是的，或許寫下的是病痛，是疑惑與殘缺，但這些本當黯淡無光的歲月，卻因為有親人與朋友源源不絕的愛與體諒，鼓勵甚至鞭策，我們才學著在患難中堅持，因盼望而忍耐。所有的苦難於是成為生命中一段段最好的時光，當我們回首再讀，發現每篇都是撫慰人心的樂章，每個境遇，都充滿了恩典與祝福。

【推薦序二】

過去在我的生命裡重新活了一遍

小麥（「小麥的世界」版主）

歲月像一部生手掌鏡的紀錄片，畫面時而模糊，時而跳動。我們不常回望過去，畢竟車貸房貸前世情人變成今世兒女的感情債一波波像夏天的熱浪毫不留情地襲來，偶爾張望著它的無聲流逝，感嘆時光匆匆。

所以，在張望的同時，我們藉著一段音樂，一首歌，某些複雜的氣味，迷離的光線，鎖住記憶，聲光色味不經意的復刻剎那，那些我們以為早已遺落的，瞬間在心底騷動了起來。

獅子老師的文字像把羽扇，輕輕一搧，靈巧地掀起了這股騷動。

她寫起我不愛吃的木瓜。還沒剖開就傳來陣陣也算不上臭的獨特氣味，大出的時候往往是盛夏秋初，悶熱讓那股渾厚的濃度更滯留得散不開來，滿口軟爛。這瓜，到了她手上，深紅色的果肉入口即化，像是成熟人生擁有的柔軟身段，裡頭鎖著一個關於阿嬤的完整記憶。

她寫著〈快樂天堂拉麵〉。她的拉麵滋味混雜著到快樂天堂途上，路經妹妹化療那股牛奶的酸，迦拿鍋燒意麵的炸餅同是台南人的我可惜從沒吃過。看著看著，我回憶起我家巷口堪稱外食經典的炸肉餅，雖只聞名於那裡的街坊鄰居，卻藏著一家數口分食幾小塊的滿口幸福滋味。這種平凡的喜樂與貧乏裡的擁有像苦瓜，苦透回甘，清雅的味兒。

還有，那座我每週都爬的柴山。以搶食標準來看，人類才最該被列為保護動物的台灣彌猴眾生相。小心翼翼打開包著食物的塑膠袋，一樣都冒著被噎死的危險，當下「to be or not to be」猶豫，與眾人皆怕，她的父親獨吃的花生糖味，隨著行雲流水的文字飄散開來。有幾個禮拜，我爬柴山，坐在望海亭，望著遠方的船舶和伴著彌猴的鬼祟流竄，彷彿錄影帶倒帶般，腦海裡又複習了一次他們父女倆之間滿溢的體貼關心，當然，還有那股花生味。

她寫家，她寫愛，她寫過去，她記錄現在，不喧嘩，不浮誇，很細緻淡美，篇篇都有畫面。

她細心剪裁著各式關於家的一切影像。妹妹脖子下的腫塊，爸爸陌生念著

Cinderella的背影，S那一聲冷冽的「哦」，盡情傾瀉白雪的流蘇與媽媽，以及，永遠放著一張張大圓桌的安定故鄉。她用她特有的溫暖筆調，重組記憶並給予它生命，一幕幕被仔細珍藏，再用文字舒展開來。

當我回望著屬於自己的過去，那些宛如複雜難解的人生悲喜劇，每個家庭攤在現實下的撕裂，親情之間血濃得化不開同時伴著面對至親也無法坦白的祕密，愛背後的無解與無奈，唯一詮釋的可能是冷冽凝視，再安靜走開，然而，從她的眼睛看出去，一切卻變得純粹透明。

都是因為愛。流出的淚將會被曬乾，在心底留下透明卻深刻的痕跡，只有愛能將它化成美麗的結晶。

如同她所說：「生命就這樣延續下去，愛，就這樣延續下去，小樹長成大樹，大樹看護小樹。（安定老家）藍色的油漆雖然已經剝落，但愛，不會斑駁，愛的顏色漆在我們的心裡，永遠鮮豔。」

遊盪在她篇篇令人動容或笑的故事裡，我試著用她角度張望，讓記憶擁有重組的可能性。

然後，過去在我的生命裡重新活了一遍。

【推薦序三】

當下的幸福

謝京霖（「紐約俏Mami」版主）

初次與獅子老師約會時，我帶著小鹿亂撞的心情去見偶像，她在手機那頭指引著路痴我如何在西門町街頭找路，在茫茫人海中找到她。這些年的以文會友，因為她在網路上的低調，我不知道她的長相，只能透過她的文字想像，但她知道我的，當一個燦爛的笑容迎向我說嗨，獅子老師隨即給了我一個大大的擁抱，明亮爽朗元氣十足，正是我對她的第一印象。

聚餐快結束時，我告訴她，我很謝謝她一再的主動邀我出來，自我大學畢業後，出國這幾年，結識的點頭之交不少，但由於彼此都缺了點熱情與用心，導致友誼皆不長久，我說：「你相信嗎？我常常想起久違不見的朋友，可我卻連撥電話的勇氣都沒有。」獅子老師開懷人笑說：「那是因為我很喜歡你。」我突然領會到，人跟人的緣分，需要很多很多的喜歡，與額外的努力與堅持，才能連結維繫起來。

身為人母，我一直在想，獅子老師像小太陽般溫暖又熱情的人格特質從何而來？繼鋼琴老師三部曲之後，她的第四本書給了我一個微笑的答案，她春風化雨的溫柔力量、熱情開朗的個性都來自她成長的家庭。

在這本書裡，她寫少言的父親積極進取，為全家的鰲龍榜樣，偶爾也童心未泯的與女兒說笑；她寫她將對祖孫情深的記憶鎖在阿嬤最愛的木瓜裡，即使阿嬤永別了，她仍能品嚐曾被寵愛的熟甜；她寫妹妹得淋巴癌到重生的奮戰故事，一家人在盈滿淚水的苦難中相互扶持、擁抱希望，而因為上帝不能陪在每個人身邊，祂創造了母親堅強的守護全家；她也寫台南大家族成員們和曾遇見的天使。

獅子老師不說大道理，她真摯的語言優美動人，極富感染力，我彷彿在欣賞一齣卡司堅強的溫馨小品——台灣親情版的《愛是您‧愛是我》（Love Actually）賀歲電影，閱讀此書時，我時而微笑，時而視線模糊、喉頭酸楚，喔，我想家了，想同獅子老師一般，和爸爸一塊散步談心，聽媽媽指導生活裡的知識，與小我兩歲的妹妹即使各自忙碌，也不忘互相關心，因為我們參與了彼此初始的生命，將共老到人生的盡頭，你我有著此生最長的緣分，我願愛你，千千萬萬遍。

我不禁這麼想，市面上寫孩子的教養書很多，卻很少有人寫自己的父母和手足，分享陪伴原生家庭的愉悅；而華燈初上後，市井老百姓緊盯著勾心鬥角的鄉土人倫鬧劇，破口大罵編劇又歹戲拖棚的同時，自身也因吸收了惟恐天下不亂的強大負面能量，日益面目可憎。關掉電視，拾起這本書吧，現今社會需要的是正面且安定的能量，如獅子老師的無限深情見證了生命的印記，好好珍惜正在進行的人事物，把握當下能擁有的幸福。

【推薦序四】

她的護法

Bechild（「Travel with Me」版主）

我認識獅子老師已有一段時間，但到目前為止她的熱情與才華，還是常常嚇到我。

先說教學熱情，依我個人的看法，身為老師，除了言教、身教外，還有一點最大的差別是在等。等待孩子表現得高低起伏，等待孩子的成長，等他們練習應對進退，等他們控制情緒波動。等待的過程是漫漫長日，也因為我了解獅子老師的動作迅速和反應靈敏，所以我常對於她對孩子的無比耐心驚訝，這教學遊戲裡所包含的期待與盼望，她做起來是這麼自然而然地，有時我甚至會誤以為她不要求結果。

再來談談她的才華，古有明例是文人相輕，但同樣身為網路書寫者，我其實非常佩服她對於創作的紀律和文章的多樣性。同一本書我反覆看了兩三遍才能稍微綜合歸納，但獅子老師看了一遍隨口就答，結果不但是次次正確且能化繁為簡，最令我訝異的是她完全是以自己的理解做答，絕不囫圇吞棗或是死背強記，對於我的欽佩她總是笑笑地一語帶過，我後來知道她不是謙虛，而是她的天賦如此，但她完全沒有炫耀驕矜，永遠是輕鬆自在地做她自己。

因此談到這本書的創作，身為讀者，我有時會困惑家庭書寫的必要性和可以傳達的溝通性。畢竟大家的成長環境不同，我們可以確定生物性上人人都有一個爸爸與一個媽媽，有沒有祖父母輩已屬個人經驗，而每個人的成長經歷及養成教育相信也各有異同。心理學上的同理心其實需要大量的樣本練習，例如甲的阿嬤如何的情深意重並不代表乙就能理解共鳴，口述如此，文字表達亦如此，但是獅子老師的這一本作品再一次提醒了我，故事就是故事，只有好聽不好聽，寫到極致或許還有文以載道的額外收穫，就像是我在閱讀這本書時，看到最後我彷彿與她共同成長一次，而每個孩子的成長，原來需要這麼多的愛與支持。

所以回歸到一件趣事，本為獅子座的獅子老師幽默爽朗，而同樣身為哈利波特迷，有一次我問她說如果有護法，那她的護法會是什麼。我本來以為答案顯而易見，但她的回答卻讓我大吃一驚。「小鳥吧！」她自自然然地回答。我當時大笑卻事後回想，的確，她處世的溫和與內在的溫柔，確實如小鳥一般，讓她的家人和朋友如沐春風，這就像她的文章，沒有教訓，很平穩；文筆流暢，很感人，我讀著讀著想起獅子與小鳥的異同，但內心深處有一種柔柔的感受浮起，這就是我所讀到的獅子老師，文如其人，溫暖動人。

【自序】

一個都不能少

在與主編訂好了交稿截止日期後的這幾個月，我開始了一趟時光隧道之旅。每個禮拜一我在郊區有課，必須搭長達三十分鐘的捷運，我便把書稿帶個十來頁到捷運上讀。一支筆，一疊稿子，一顆沒有防備的心，在車子開動之際，我也搭上了時光機回到了久久遠遠，忽隱忽現的過去，在字裡行間裡變得清晰無比。

讀著讀著，視線就朦朧了起來。每一篇文章包裹著保存完美的我的童年，我親愛的阿嬤，爸爸媽媽，叔叔姑姑，還有心上的一塊肉——妹妹。有的讀起來，我哈哈大笑，有的讀起來，我淚眼婆娑。在那段行駛在台北盆地底下的捷運，也穿過了時光。我看到了阿嬤，記得她叫我名字的溫柔語調，充滿皺紋乾乾扁扁的手，還有她因笑而瞇起的眼。隨著文字，再看到她，總是開心的。

妹妹生病的部分，讀得很辛苦，才知道有些痛沒有淡去，只是不再去想起。

會痛是因為捨不得，要是可以，我願意把那些苦都攬在自己身上。我們好像都是如此愛著彼此。一次我自己需要開個小刀，妹妹其實比我還緊張，我問了很傻的問題，她在電話的一頭很篤定地告訴我，她絕對不會讓那樣的事發生，我聽了，安心了很多。開完刀，妹妹馬上飛來看我，還帶了一整個行李箱的米果給我。晚上我們睡在公寓的地板上，她小心地為我按摩，不傷到傷口，第二天痠痛完全消除。

妹妹生病時的事，有的我記得很清楚，有的我怎麼想也想不起來，媽媽說忘記就忘記了。疾病，會改變一個人，也會改變一個家庭，很幸運的，我們只變得更珍惜彼此，更知道生命裡什麼是重要的，什麼是不重要的，也更加珍惜現今。妹妹恢復得不錯，也從光頭佩蒂變為長髮美女，她和妹夫丹現在住在加州，養了一隻叫泰勒的拉不拉多犬，每天做完事，就會帶泰勒到海邊走走。他們也是醫院裡的義工，妹妹還為醫院的癌症中心做了二〇一二年的月曆。

捷運開出地底來到地面上時，我也該下車，有時候來不及擦乾眼淚，有時候來不及收住我的笑意。這三百多頁的書稿就這樣在通勤的時間裡校完。走出捷運站，到了地面，得再搭一小段的捷運，我總愛坐在車尾，看遠方的山和雲，

有時候下起雨，我也愛看窗戶上的雨滴。那段開在大樓之間山腳下的轉乘捷運的風景，是我的小獎品。

校稿完，開始另外一個功課，我得改寫幾篇用第三人稱寫的文章。這個功課我停頓了好些時候，並不是在逃避，而是我似乎無法做到。當時會用第三人稱寫故事，因為第一人稱的「我」在那個時間點還無法用「我」來寫。但現在的這個時間點可以了嗎？

要改寫的第一篇是〈一碗粥〉，在拖延了幾個禮拜以後，我知道我該開始著手，不管如何，先試了再說。〈一碗粥〉寫媽媽為了妹妹，跑了半個曼哈頓，在短短的幾個小時內為妹妹煮粥的故事。其實，那段時間裡媽媽為妹妹煮了很多東西吃，只是妹妹在做骨髓移植那天，醒來後，她點的是粥。我開玩笑地問媽媽她要煮粥還是煮雞湯，她想了想說，就煮粥吧。菜單決定了，我也想好怎麼寫了。

我把妹妹移植的那一天從早上到晚上記錄了下來，當我寫到媽媽和我那天晚上的對話，問妹妹有沒有吃粥，而她回答說妹妹吃光光時，我還是忍不住哭了起來。

感動及心疼還是在，不同的是，我可以用第一人稱來寫了！我把它重新命名為〈Day Zero〉，骨髓移植的那一天，身體重新啟動，生命也重新開始。打上篇名〈Day Zero〉時，知道它也是我新的開始，有了〈Day Zero〉，改寫別的舊文時就容易多了，不可能的任務也不再不可能。

稿子全部完成，寄出去的那個早上，台北是陰天，但，我的心情不是陰天。滑鼠從第一頁滑下到最後一頁，我想，這七萬五千字是多麼的美好，這裡面出現的人物在我的生命裡一個都不能少，少了一個，我就不是我。

所以，這裡要呈現的是小小的一篇篇的故事，沒有大道理，也沒有大人物，但有我最心愛的人、地方，與時光。謝謝你坐下來與我一起，點盞燈，故事，要開始了。

不讓你看見我的眼淚
——阿嬤、妹妹和爸媽

目錄

第二部　家人

我終於等到這一天……

第一片雪花

早上醒來，睜開眼睛，我就微笑了。想著你，一定也是微笑醒來迎接這美好的一天，因為今天你要出院了！想像你在病房裡整理行李，脫下穿了六個禮拜的醫院的衣服，換上了牛仔褲，把牆上治療的時間表一一拿下。你做到了！

我起床，拉開窗簾。哇，昨晚下了第一場雪，把大地變為白色世界。每次在冬天第一次看到雪，還是不禁地感動了。不知道紐約下雪了沒？不知道你將要離開的病房的窗景，有沒有也變成了白色？

我想起在紐約醫院的病房裡陪你五天後，要走的那個早上。

那天一醒來，想到等一下就要離開你了，心頭不禁一酸，眼睛就熱了。我起床，把沙發床擺好，毯子收一收。你也醒了。「早！」我親親你的臉頰。雖然我必須穿戴口罩、無菌衣和手套，但我偷偷作弊了一下。我們一起禱告吃早餐，感謝上帝賜給我們美好的一天，你謝謝我來看你。我眼眶紅了，趕快把熱茶拿起來，讓蒸氣模糊我的眼鏡。

車子中午會來接我到機場，我把行李準備好。你在窗邊做起手工擺飾品，陽光大剌剌地照進你的房間，天氣很好。我打開電視，在播放感恩節的遊行，電視上的紐約市好熱鬧，又是大氣球、又是歌舞、又是人潮，和這安靜的病房成了一個強烈的對比。「你要記得把我做的這些小動物給你學生喔，他們為我畫的卡片，我好喜歡！」你說。

學生們畫了很多卡片給你，小尼克畫了恐龍，張牙舞爪的向天空咆哮，你說，那恐龍就是你，在和癌症奮戰；還有丁丁，畫了很多X○X○X○，又是擁抱又是親吻的，看得心都要融化了；芬妮則畫了東方式的雲彩，一隻蜻蜓探出頭來，你看了就笑了。我把它們都貼在空白的牆壁上，讓房間有些色彩和溫暖。你把做好的五顏六色的蝴蝶、長頸鹿、美人魚飾品拿給我，我把它們收進行李箱裡，看看時間，也差不多了。

該怎麼離開你？我不知道，只知道我捨不得走，只知道好希望可以一直留在這陪你。時時刻刻，每一分，每一秒。在你精神好時，和你一起看電影、聽音樂、讀書，你累時，幫你安頓好，把毯子拉好，讓你休息。你心裡有太多的悲傷及恐懼，而身體有太多的不適及疲倦。你撐著撐著，撐不住時，淚水就流下來了。

我信誓旦旦要為你做牢固的磐石讓你依靠，但一看到你的眼淚，我就什麼都不是了，只是塊豆腐。我安慰你，咬著唇，我絕對不能哭，我要堅強。我能做到的就是為你拿面紙，然後抱著你，安慰你，把也淚流滿面的臉藏在你的背後，不讓你看到。

該怎麼離開你？我知道我一去抱你，和你說再見，我一定會無法控制我自己。

我和妹妹（一九七四年元旦）。

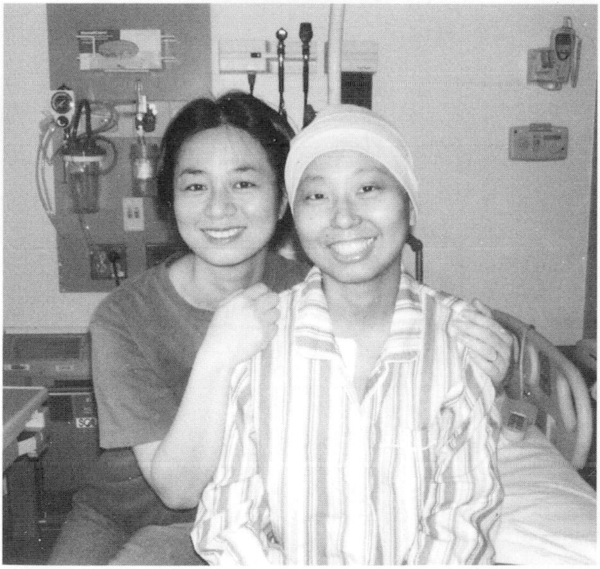

和妹妹在紐約的醫院。

護士進來換藥，你微笑和她打招呼。我過去說：「我走了。」我還要說，我愛你。話還沒有說出口，淚水已經要滴下。我趕快匆匆抱抱你，推門就走。我不敢看你，我怕一看，會走不了，怕你看到我的淚水，你會難過。我一走出病房的門就哭了。我一邊走，一邊哭，一直哭著走出醫院。我在路邊的凳子上坐了下來。要離開你是這麼難，心如刀割。我擦擦眼淚，平靜自己。我要打電話給你，或許這樣說再見，才不會太感傷。

我等了一下。一陣微風吹來，輕撫上我的臉頰，吹動了我的頭髮。抬頭看天空，藍天白雲，真是一個再美麗不過的秋日。在醫院和你待了幾天，幾乎忘了外面的世界。對街公園裡楓樹迎風擺動，發出沙沙的聲響，一隻麻雀飛來我腳下覓食。啊，活著是多麼的可貴。我們都在等你出院；紐約在等你、公園在等你，麻雀也在等你。我們都在等你！

我拿起手機，撥到了你的病房，你說Hello，我說嘿，我在等車子。你就哭了，你說我為何跑這麼快？我強忍住淚水說，今天天氣很好，你會喜歡的。紐約在等你出院。你說好，你知道。

你住進去醫院時，剛過中秋，在病房裡和癌症奮戰。中秋過了，楓葉也要掉光了，冬天已經來了，今天我這邊下起雪了，而你也要出院了！不知道紐約下雪了沒？不知道你將要離開的病房的窗景，有沒有也變成白色？我開門，門外的冷空氣掃了過來，真是冷。天空灰灰的，飄起了小雪。想像你今天步出醫院時，吸進這麼多個禮拜來第一口外面的空氣，會是多麼欣喜。多希望變成第一片飄在你鼻尖的雪花，歡迎你回到我們的世界。我們等你很久很久了。

第一部　妹妹

為你，千千萬萬遍

妹妹的畫。

小時候妹妹曾經問我，會不會像塞奧愛梵谷那樣愛她。

我看著她，心想發什麼神經？十分鐘前才和我吵架，叫我蟾蜍查某，因為我不讓她先看瓊瑤的小說，現在問我愛不愛她。我瞪她一眼，嘟囔說，無聊。繼續看我的小說，妹妹依在我身旁畫畫起來。

塞奧很愛他的哥哥梵谷。哥哥一心一意要當畫家，即使他的畫一直賣不好。畫具很貴，顏料也很貴。塞奧是畫商，他無限制地供應梵谷畫畫，幫他賣畫，供應他生活，直到梵谷死在精神病院。塞奧那樣無怨無悔的愛哥哥，只要他能夠幫上忙的，他就去做。他覺得哥哥的畫棒極了，那麼的精采、激情，為何世人不這麼認為呢？

我也想到小時候我和妹妹常吵架，都是為了很小的事。她很愛翻我的東西，特別是我的日記，一直搞不懂為什麼。後來她告訴我，對她而言，才大她兩歲的我是另一個世界的人，她很想知道我在想什麼，日記都寫什麼。那時我只覺得妹妹很煩，一直跟在我後面。

我們不只吵架，還打架。看不出兩個小女孩會這樣粗魯。前幾天在電話中聊到這件事，她說：「對對，我記得，我們還抓彼此的頭髮。嘿嘿，不過，現在我沒有頭髮，我們打架的話，你比較吃虧。」我還來不及說，眼眶已經濕了。趕快咳嗽一下說得去上課了。

要去看妹妹了。自從她入院後，我就在看課表，看什麼時候可以去陪她，等不及要和她窩在病房，就我們兩個；我和她，姊姊和妹妹。我可以陪她，她可以依靠我。訂了機票後，每天就倒數要去看她的日子。

記得妹妹告訴過我，她在小學的社會課學了直系和旁系血親的關係。「姊，所以我們是旁系血親呢，怎麼會這樣？我們不是最親的？那時上完課，覺得好難過。」我卻覺得妹妹好可愛。管他們怎麼分，我們就是最親的，那是不用社會課告訴我們的。

收到醫院為妹妹捐血的活動，我把它寄給了一些朋友。寄了後，覺得有些不妥，這是個很大的請求，或許別人無法幫忙。結果那天就接到在紐約讀法律的學生梅爾的電話，我馬上告訴她不要介意我寄那封信，不能幫的話，我完全了解。她說：「老師，我一收到信，就去捐了。」我感動得連一句謝謝都說不出口，眼淚就這樣流了下來。我馬上打電話要告訴妹妹這個消息，撥了電話，沒有等接通就掛上了，因為，我一想到梅爾義不容辭地去為妹妹捐血，就哽咽了。

妹妹告訴我，前天要輸血時，護士說那包血是指定要輸給她的。「可能就是梅

我和妹妹。

爾的血呢！」她說。我好高興，梅爾是個很愛唱歌，又很愛笑的女孩。我相信她會帶給妹妹許多精力和養分，和她一起奮戰。

而我也要捐給妹妹了，好高興可以幫她這個忙，血濃於水。她說：「啊，好特別，你的血要給我。我可以在你來看我的時候，幫你訂一個捐血的時間。可是，你去捐血會離開我很久耶。」妹妹聽起來有些著急。我笑說，「傻孩子，我會在醫院，同一棟大樓裡，你睡個午覺，我就回來了。」

看飛機慢慢下降，已經可以看到雄偉的曼哈頓。看看錶，我應該可以在中午時刻到達醫院。飛機降落，旅客慢慢走出機艙，我好希望他們可以移動得快一點。搭地鐵進曼哈頓，到了六十六街，我下車，走上路面。打電話告訴妹妹我快到了，問她今天好不好。她說：「很好啊，我早上醒來後，就在等你了！」我掛上電話，妹妹在等我了。眼睛一熱，我抓好行李，跑了起來。

有你真好

我睜開眼，醒了。意識慢慢清晰，雖然沒有睡得很熟，但也做了夢。看看牆上的時鐘，七點半。窗簾的空隙透進一絲金黃色的陽光，我輕輕拉起窗簾。窗外是紐約市，從十七樓高的病房望出去，櫛比鱗次的建築物，擋住了遠方的視線，怎麼望也望不到街道，看不到車水馬龍和匆忙的路人。紐約市從這裡看去像一個假的城市，像電影城裡的道具一樣。

再閉起眼睛，和自己玩起一個遊戲，是假的，是假的。這一切都是假的。或許當我再睜開眼睛，這一切都會不見了，而妹妹也沒有生病……

嗶嗶——，那個心中的想法還沒有想完，那個假裝「假的」遊戲還沒有玩完，就聽到點滴機器傳來的嗶嗶聲。

我趕緊從小沙發上爬起來，去處理機器，希望不會吵到妹妹，但還是慢了一步，她已經醒了。「嘿，早。」我摸摸妹妹的臉頰。「餓了嗎？我來叫早餐。」她點點頭。

醫院出餐很慢，叫了餐點後，要一個小時才會來。剛住院時沒有經驗，等餓了才叫，被餓怕了，現在學乖了，一起床就叫餐。妹妹食慾滿好的，早餐來了，我把桌子整理好，放上早餐，有水果、鬆餅、優格和牛奶。

正要吃，醫生護士進來查房了。主治醫生帶著大批人馬來到這個單人病房，一下子熱鬧不少。醫生問妹妹好不好，妹妹不管再累，再愛睡，她總是微笑地說：「我很好，謝謝。」接下來，醫生聽心跳、觸診。「有沒有哪裡不舒服？」「沒有。」妹妹微笑回答。

妹妹真是堅強。自從知道得了癌症以來，她從來不唉聲嘆氣。「驗血？好啊。謝謝你。」「照掃描？好，沒問題。謝謝你。」「開刀裝人工血管？當然好。謝謝。」她回答問題時，總是背挺得直直的，聲音又堅定。妹妹是這樣的勇敢，她才是我依靠的人。

等大批人馬離開後，我學主治醫生問診說：「你今天好嗎？有沒有不舒服？來，張開嘴巴，說啊。好，來，深呼吸，讓我聽聽你的胸腔。」我說這也很簡單啊，妹妹笑我無聊。

我把窗簾拉開了，窗外又是美好的一天，陽光普照。偉大的紐約，從這個窗戶望去，像極了一張大海報。我們安靜的吃著早餐，醫生們並沒有提及化療的事。妹妹住進醫院幾天了，本來上個禮拜裝好人工血管，就要開始化療的，但妹妹因為感染發燒了，要等感染治療好了，才可以做化療。等，也是很折磨人的。

一位醫生進來，說他們今天要裝一個臨時的人工血管。如果裝了，就可以開始進行化療，他接著解釋裝血管的過程，我們聽得膽戰心驚。我偷看妹妹，她很鎮靜，還帶著禮貌的微笑。「所以，我們下午就會來帶你去做。你等一下就不要吃東西了。雖然不是全身麻醉，還是不要吃比較好。」

醫生本來要走了，妹妹叫住他，問：「會不會痛？」他說：「會，不過我們會多給你麻藥。」他看妹妹沒有回答他，問還有什麼問題。她想了一下，緩緩的說：「我這幾個禮拜來經歷了很多……可能的話，請盡量為我減少痛苦，我會很感激。」她說完，給他一個微笑，他說他會盡力。

我知道妹妹很希望趕快開始化療，我也是，大家都希望這一切療程快快開始。可是有時候，就是急不得。

「或許，今天可以開始化療了呢！」她說。「是啊。希望如此。」妹妹開始禱告。這一條路是這麼漫長，它會過去的，它只是一個過程。我心想著。

護士進來，說要帶妹妹去做人工血管了，我抱抱妹妹。她們走後，我整理病床的被子。另一個護士進來，看妹妹不在房間了，問她去哪，我答去做人工血管了。她也很為妹妹高興，因為大家都知道她就等著做治療。護士說妹妹要一、兩個小時才會回來，叫我出去走走，我想想也好。

走出醫院，原來，世界還是繼續運轉著。計程車一樣囂張，行人一樣匆忙，空氣一樣悶熱。我隨意走走，整排的商店，在眼前一列展開：Marc Jacob，Club Monaco，Chanel，Gucci……以前看了就興奮地心跳加快的名店，現在一點感覺也無。走進店裡，吹吹冷氣，東看西看，覺得意興闌珊。我走出店，漫無目的地走著。

走著走著，來到一座大教堂。在喧囂不斷的城市裡，這座教堂，很有隱世的感覺。它和其他建築物並列，很容易就錯過了。猶豫了一下，我推開了厚重的大門走了進去，一股深沉的氣氛，讓人不得張揚，只能謙卑、服從。我坐了下來，四周的信徒和遊客安靜地禱告，安靜地沉思。

神愛世人。有人安慰我說，因為妹妹很堅強，所以神要她受苦，因為她受得起。是什麼樣的神這樣試煉祂的子民？太殘忍了吧。妹妹是最善良的人，總是為別人想，把自己放在第二位、第三位。小時候爸爸媽媽最氣妹妹常常幫同學做功課，自己的卻沒有做完。妹妹常常這樣被罵，可是她一點也不在意，覺得本來就是要幫同學才是。「你可以幫他們，可是先做完自己的啊。」媽媽這樣告誡。妹妹總是左耳進，右耳出。

甜美的妹妹，善良的妹妹，蕙質蘭心的她，為什麼？為什麼會發生在她身上？當我知道妹妹得了癌症，覺得心疼外，更是憤怒。上帝，祢在的話，怎麼允許這樣的事發生？

不是這樣的，不是這樣的。神愛世人。神愛世人。就是因為妹妹是這麼好，這麼善良，上帝會更幫助她的。祂沒有走遠過，祂在這安撫她，給她力量，讓她有勇氣去打仗。

是這樣的。對了，就是這樣，就是這樣。我的淚悄悄流下，要有信心。

走出教堂，得到新的希望及力量。再回到醫院，妹妹已經被推回來了，正熟睡著。肩胛骨上貼著繃帶，想必是臨時的人工血管。一位醫生進來，小聲地對我說：「我們要開始打第一劑化療了。」他把藥物小心地打進人工血管，檢查了幾次，確定都可以了之後才離開。

妹妹醒了，我趕緊告訴她：「開始做化療了！」妹妹聽了很高興。她坐起來說，來，我們來禱告。坐在妹妹身旁，聽妹妹禱告。妹妹哽咽地說：「我要趕快好起來。」妹妹握住我的手說：「有你，真好。」我抱住她說：「不，我有你，真好。」

不讓你看見我的眼淚（獅子妹妹寫）

姊姊趁護士進來給我換藥時，匆匆地抱一抱我說再見，然後拿著行李，把門帶上就走了。可是我還是看見姊姊的紅鼻子，在護士前，我也忍不住落淚了。

我知道那是姊姊唯一可以離開的方式。

我們住在兩個相隔遙遠的城市，這次我做臍帶血移植，姊姊特地排開繁忙的課程來看我，五天的時間似乎很快就過去了。大部分的時間我身體都很不舒服，所以都躺在床上。姊姊會三不五時跑來陪我躺在窄窄的病床上，倚著我，抱著我，安慰我。我做骨髓穿刺時，姊姊也在身邊握著我的手，後來姊姊實在看不下去了，覺得暈眩，才到沙發上躺著。

洗澡時，姊姊說要幫我，我說不用，可是姊姊很堅持。我只好在姊姊面前把衣服脫下，淚水卻不禁盈滿眼眶。我多希望姊姊不要看見我傷痕累累的身體，我也不要習慣有人幫我洗澡，因為姊姊一走，我又要回到一個人住院的獨立。所以在眼淚落下前，我連忙請姊姊離開，然後在蓮蓬頭下，我邊洗邊哭。

記得小時候，有什麼問題，我都理所當然地先叫姊姊。姊姊雖然只大我兩歲，可是也滿認命的，不管是從打蟑螂到修理馬桶，都為我一一地做了。自從我生病以來，姊姊常常飛來看我。每次姊姊走，我都哭得像一個心愛玩具被奪走的小女孩一般傷心。我知道我們都長大了，我不能什麼都再靠姊姊，生病要自己面對。

去年病發前，姊姊動了一個手術，我想終於可以換我去照顧姊姊了，所以我馬上就飛到姊姊那兒去。還好姊姊手術結果一切無礙，我沒有如願照顧到姊姊。

妹妹小時候的圖文作品〈我的姊姊〉。

後來我就發病了，來得好快、好突然，媽媽和姊姊二話不說就飛來照顧我。第一次化療出院，身心俱疲，有那種不知身在何處的恍惚，覺得身體根本不屬於自己，就算用盡全身所有的力量也只能撐著坐。

我常常問媽媽說：「媽媽，上帝說什麼？」每每在媽媽開始引述聖經時，我的淚就不自主的傾淌。而姊姊總在這時就消失了，我知道姊姊哭了，每一次姊姊消失，我知道。媽媽總是會堅強地念完詩篇第二十三篇，然後也跑走了。留下我一個人在床上靜靜地流淚。

我多想保護我的家人，讓他們不要心痛，不要為了我傷心。可是我只能坐在那裡，假裝我並不知道在另一個房間的媽媽和姊姊，正在抱頭痛哭。他們，不讓我看到他們的眼淚，而我，也不讓他們看到，我的眼淚。

Day Zero

聽說醫學上把這一天稱為「第零日」。一早起來，我很緊張也很興奮，等了兩個月的時間，終於等到了今天——「第零日」，妹妹做幹細胞移植的日子。抗癌的策略是先化療，把好的壞的細胞都殺死，等白血球指數完全降到零，再打進新的幹細胞，如電腦關機一樣重新開機，讓幹細胞重新開啟新細胞的增生。

當然，妹妹沒有生病以前，這些醫學知識就如希臘文一樣陌生，而現在連媽媽也知道Stem Cell Transplant是什麼。「發生了，我們就面對。就是這樣。」爸爸說。發生了，就面對。就是這樣。

雖然我不能陪在妹妹身邊，爸爸的工作也讓他無法脫身，幸好媽媽來了，陪妹妹住院。我看看時間，她們應該已經起床，打電話過去，媽媽接的電話。「早，我們都很好。」媽媽說，接著壓低聲音說：「妹妹有些緊張，她早上醒來，告訴我她好害怕，我安慰她，我在這，上帝也會保守我們的平安。我們一起念了詩篇二十三篇。」我接下去：「耶和華是我的牧者，我必不至缺乏。祂使我躺臥在青草地上，領我在可安歇的水邊。祂使我的靈魂甦醒，為自己的名引導我走義路。我雖然行過死蔭的幽谷，也不怕遭害，因為祢與我同在，祢的杖，祢的竿，都安慰我。」「阿們。」媽媽和我一起說。

一直覺得我和妹妹是媽媽的一體兩面，我遺傳到媽媽的音樂天分，而妹妹則遺傳了媽媽的畫畫天分。小時候媽媽伴我彈琴，陪妹妹寫生，她常說我們都彈得、畫得比她好太多。媽媽也喜歡唱歌，尤其現在面臨這麼大的危機，她更常唱歌。那天音樂治療師來看妹妹，她們一起點唱了披頭四的〈嗨，裘德〉（Hey Jude）。媽媽說她懷妹妹時最常聽披頭四。「當然，我們還唱了〈奇異恩典〉。」

對我來說，媽媽更像是我們的奇異恩典。當得知妹妹的病況，我還處於驚嚇、否認的心態。媽媽已經搭了飛機飛過了太平洋，二十四小時之內來到了妹妹身邊。曾有人說上帝不能陪在每一個人身邊，所以祂創造了母親。

媽媽來了，我還不能前往幫忙，就先幫媽媽惡補英文和在紐約搭地鐵到醫院的訣竅。媽媽說不要忘記當年還是她教我如何在紐約搭地鐵的，經她一提醒，我也想起當年她陪妹妹到羅徹思特研究所報到。不出幾天的時間，媽媽已經畫了一張妹妹校園四周的地圖。我笑了，知道媽媽沒有問題的，沒有什麼難得倒她。

倒是妹妹剛開始做化療時，提出了不情之請，要媽媽幫她剪短頭髮，因為頭髮終究會掉光。媽媽打電話來問我記不記得她以前是怎麼剪的。她以前是小學老師，沒有時間幫我們綁辮子，便把我們的頭髮剪得像小男生一般短。每次媽媽剪完我們的頭髮，我和妹妹就抱頭痛哭——因為太醜了。

而現在妹妹要求媽媽為她剪頭髮，媽媽說她為此失眠了很多天，還一直夢到把妹妹頭髮剪壞。幸好，妹夫的好友是理髮師，找了時間為妹妹理髮。他直接用電動理髮刀，如為阿兵哥剃頭一樣，為妹妹理了個平頭。媽媽說還好有理髮師，不過，她說著就哽咽了，「我真捨不得妹妹的頭髮。」我知道她更捨不得妹妹難過。

當然，結束了兩個月的化療，妹妹現在是光頭，頭髮全掉光了，但頭髮早已不在我們的考量裡了。體溫、血小板指數、白血球指數、腎臟功能指數、脾臟功能指數……這些才是重要的。終於，白血球完全降到零，醫生團隊早上會開始移植。

我全天都有課，只好在空檔時打電話去問情況，一顆心懸在半空中。終於病房的電話接通了。「怎麼樣？」我急著問。媽媽說一切都好，妹妹現在在休息。「這醫院的設備真是先進。他們把妹妹推進一個小房間，我也可以進去，醫生還問妹妹喜歡什麼音樂呢。接著護士過來把一片檸檬放在妹妹的鼻子下要她聞，聽說以前的病人覺得這樣會更舒服，所以，我們就享受了五星級的音樂和檸檬片。」「然後呢？」我急著要知道過程。

「然後，醫生就把一袋像米漿的東西打進妹妹的人工血管裡，打的時候醫生和護士都很謹慎，半個小時就打完了。打完了以後，他們還留守了好一會兒，確定妹妹沒有任何過敏反應，才推她回房間。她現在睡著了。」媽媽說，聽得出她也累了。我放下了一顆不安的心，要媽媽也去休息。

聖經上說過一天的難處一天當，但是，要是今天的難處特別難呢？一天擔當不完呢？一天結束前還是要把它處理完吧，因為明天還有明天的難處，今天能做完，就是最好的獎品了。我心想。

晚些時候，再打電話去，沒有人接。雖然我很緊張，但想到媽媽也在那裡，稍微放心了些。後來，電話接通了，妹妹接的電話，我問她好不好？她細細小小的聲音說很累，但還好。我要她多休息，她說好的。媽媽接過電話說妹妹下午睡起來，看來精神還不錯，竟然跟媽媽說她餓了，想吃粥。

媽媽心想她要去哪裡「生」一碗粥出來？我聽了也很緊張，她要怎麼去變出一碗粥來？醫院裡的餐廳沒有賣啊。

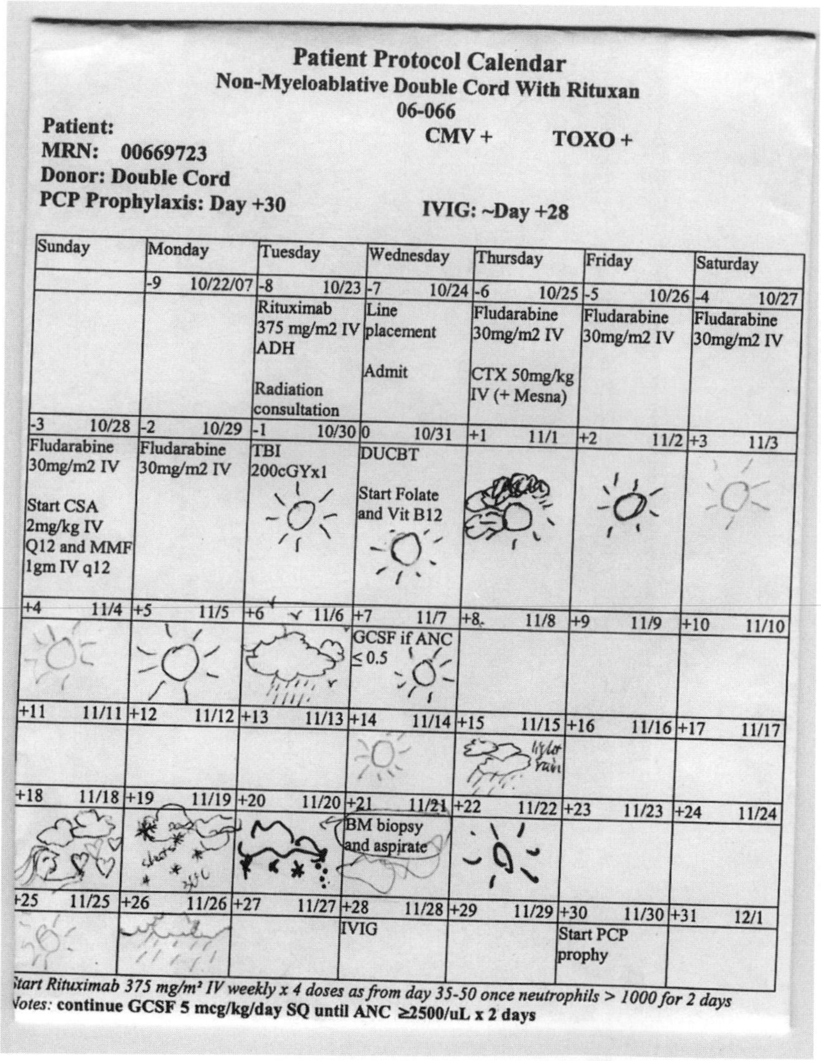

Patient Protocol Calendar
Non-Myeloablative Double Cord With Rituxan
06-066

Patient:
MRN: 00669723
Donor: Double Cord
PCP Prophylaxis: Day +30

CMV + TOXO +

IVIG: ~Day +28

Sunday	Monday	Tuesday	Wednesday	Thursday	Friday	Saturday
	-9 10/22/07	-8 10/23	-7 10/24	-6 10/25	-5 10/26	-4 10/27
		Rituximab 375 mg/m2 IV ADH Radiation consultation	Line placement Admit	Fludarabine 30mg/m2 IV CTX 50mg/kg IV (+ Mesna)	Fludarabine 30mg/m2 IV	Fludarabine 30mg/m2 IV
-3 10/28	-2 10/29	-1 10/30	0 10/31	+1 11/1	+2 11/2	+3 11/3
Fludarabine 30mg/m2 IV Start CSA 2mg/kg IV Q12 and MMF 1gm IV q12	Fludarabine 30mg/m2 IV	TBI 200cGYx1	DUCBT Start Folate and Vit B12			
+4 11/4	+5 11/5	+6 11/6	+7 11/7	+8 11/8	+9 11/9	+10 11/10
			GCSF if ANC ≤ 0.5			
+11 11/11	+12 11/12	+13 11/13	+14 11/14	+15 11/15	+16 11/16	+17 11/17
+18 11/18	+19 11/19	+20 11/20	+21 11/21	+22 11/22	+23 11/23	+24 11/24
			BM biopsy and aspirate			
+25 11/25	+26 11/26	+27 11/27	+28 11/28	+29 11/29	+30 11/30	+31 12/1
			IVIG		Start PCP prophy	

Start Rituximab 375 mg/m^2 IV weekly x 4 doses as from day 35-50 once neutrophils > 1000 for 2 days
Notes: **continue GCSF 5 mcg/kg/day SQ until ANC ≥2500/uL x 2 days**

妹妹的醫院行程表。

媽媽卻馬上告訴妹妹沒有問題，要她好好休息，拿著錢包就出發了。醫院在七十六街，她先坐地鐵，橫跨半個紐約市到中國城買米和做滷肉的材料，接著趕到二十三街朋友的住處借廚房用。

她先煮飯再做滷肉，熬肉汁時，飯煮好了，趕快加水熬成粥。她一面煮，一面希望爐火旺些，可以煮快一點，偏偏滷肉和粥都需要時間。終於做好了，趕快用容器裝好，這時候也沒有時間找地鐵站了，直接在街頭伸手招了計程車，直奔醫院。

我問媽媽怎麼告訴司機醫院在哪裡？「我說，七十六街的醫院，請快一點，faster，因為因為……」媽媽說著說著沒有了聲音，而我在電話這頭也已經淚流滿面。

我問妹妹有吃嗎？她說一回到醫院，妹妹已經醒了，看媽媽回來好高興。媽媽趕快把滷肉加到粥裡面，等不及把它拌涼些，餵起妹妹。「她吃得多嗎？」媽媽

為了妹妹，妹夫也剃了光頭。

在電話那頭笑了，說：「全部吃光光！」

掛上電話，我擦乾眼淚，臉上掛著一個微笑。真好，妹妹把粥吃光光，我聽了好像也吃到了那碗無敵的粥。

看看時間也不早了，我在月曆上寫了Day Zero，再畫了碗粥。第零日來了，又過去了，現在已經是過去式，明天又是另外一天，而明天是第一天了，我們邁進。勇敢地邁進。

Heart and Soul

聖誕節前的一個禮拜，正要把給妹妹的禮物拿去寄的時候，郵差送來包裹。我打開一看，就哭了。那是個Willow Tree的天使系列，叫Heart and Soul。兩個天使面對面促膝長談，就像是我和妹妹。

※※※

那時妹妹住院做治療，因為她的白血球指數是零，沒有任何免疫力而被軟禁在那個小房間。剛巧媽媽感冒，妹夫也不舒服，他們都不能去看她。這麼多個月來，都是他們在照顧妹妹，也該讓他們休息一下，換我來輪班。

我愛早上看妹妹睜開眼睛，第一個和她說早安，先陪她坐一下，然後看守她洗澡。妹妹從住院後，人工血管就連接著生理食鹽水，活動時要很小心，不去壓到管子。我總愛替她選一套好看的睡衣給她穿，讓她看起來有精神一些。八點，護士陸續進來，量血壓、體溫，然後從她的鎖骨處的人工血管取血液，送去驗血。通常妹妹沒有什麼胃口，只吃了一些，差不多九點左右，爸爸會從台灣打電話來和妹妹說說話。

我帶了一本凱蒂筆記本來給妹妹。凱蒂是我的鋼琴學生，已經高中畢業，讀大學了。感恩節時回來看我，我告訴她有關妹妹的狀況，說著說著眼淚就掉了下來。後來，凱蒂請她媽媽拿了一個禮物來給我，就是這本長達三十頁的凱蒂筆記本，每一頁親手抄滿了聖經上的詩歌。每一頁，滿滿的字，滿滿的愛。

我和妹妹每天讀一頁，有時候我讀，有時候妹妹讀。每次讀，每次流眼淚，也不知道為什麼。或許，希望全能的上帝能夠聽到我們的禱告，讓妹妹快快好起來，快快好起來！

「一天好長喔。」妹妹說。「我知道，我知道。」我試著安撫她。我到醫院十五樓的娛樂中心想找一些手工藝品給妹妹做，看到有些病人在那畫畫、讀書，心想要是妹妹也可以來，該有多好。也有病人在陽台散步，有人坐在那兒曬太陽，手臂上掛著點滴。

我外出幫妹妹去買一些日用品。這麼多天沒有步出醫院，走在亮花花的大太陽下，還有點不習慣，眼睛被太陽照得瞇成一條線。紐約市還是市囂不斷，我聞到餐廳傳來的食物味道，花店的花香，還有下水道的臭味，這些味道在醫院完全被隔絕；也看到有小朋友很蒼白地坐在輪椅上，戴著帽子，被爸爸媽媽從後面推著。我心一揪，知道這些小朋友也是癌症病患，好想過去抱抱他們，告訴他們，要加油！但我沒有，我想小朋友一定不喜歡有人注意到他們和別人不同。

我停下來買報紙，報攤的老闆在聽收音機，正報著美伊戰爭的消息。我都忘了美伊戰爭。我記得還是忘了，都沒有影響，那戰爭還是打著，也無暇去管。現在最重要的是妹妹這一戰，比什麼都重要。

一輛計程車開過，很囂張大聲地按喇叭，把我嚇了一跳。一位護士跑過去，站在街口，大叫：「這裡是醫院！不要亂按喇叭！」我拍手叫好。就是啊，這裡是醫院，很多人都在為生命而戰，我們需要安靜。回到病房，妹妹好高興地告訴我，剛才出了這個房間！原來，她需要做一個肺部X光，護士用輪椅來帶她到另一個樓層，這麼多天以來第一次出這個小空間。正常人在這樣的地方待上一天，可能都要發瘋了，何況是生病的人。

幸好，妹妹的病房有一個很大的窗戶，窗戶看出去，可以看到洛克菲勒醫學院的大庭院，滿滿的綠意，都是大樹；往右看，可以看到接到羅斯福島的橋。當天氣好的時候，是一幅很美的風景。病房裡有一個日曆，記載妹妹的血球指數。我喜歡把天氣也記載上去，晴天的話，就畫一個太陽，陰天的話，就畫厚雲層。

早上護士進來，妹妹都會問她的血球指數。「還是零，不過，你這樣是在我們預料之中。再幾天就會回升了。」妹妹禱告：「親愛的上帝，請讓我的白血球指數開始回升。阿們。」然後她把雙手舉高，說：「上升！上升！」我想起日本卡通《龍貓》裡，龍貓就是這樣舉雨傘，讓種子在一夜之間長成大樹。上升！上升！

中秋節。媽媽感冒比較好了，我們聚在妹妹的病房賞月。一輪那麼大、那麼亮的明月就掛在天邊，從病房的窗戶就可以看到。爸爸也從台灣打電話來。

我想起很久以前的中秋節，爸爸媽媽一人一輛摩托車載著妹妹和我，一家四口，從台南市騎到安平海邊看海，看月亮。記得爸爸媽媽牽手走在沙灘上，我和妹妹走在後面。一輪明月掛在海角天邊。

晚上要睡覺，想明天就要回去了，問妹妹可以一起躺一下嗎？妹妹說可以啊。我把管子小心地移開，妹妹挪過去，把床讓出一個位置。我小心地躺下來，把手臂環繞著妹妹的肩膀，輕輕地抱她。妹妹把頭靠在我的肩膀上，緊緊地依靠，緊緊地，依靠。

我親親妹妹的額頭，妹妹辛苦了。這麼多個月來，身體和心靈受到的創傷與折磨，是外人無法想像的。我輕撫她的肩膀，妹妹說：「謝謝你來。」我想說不客氣，卻說不出來。眼淚緩緩流下，浸濕了口罩。

早上天亮了，陽光從窗簾裡滲進來。護士進來，驗血、量血壓。妹妹問白血球指數。護士說：「好消息，指數是0.1！」我們好高興，趕緊在日曆上畫一個大太陽，然後寫下：0.1。護士說：「一旦開始回升，就會上升得很快，你或許很快就可以出院了呢！」

我收拾好行李，車子等一下就要來載我去機場。媽媽來換班。「我要走了喔。今天很棒，0.1耶，加油！」媽媽揮揮手示意我要走就快走，妹妹沒有看我。我知道她在哭，捨不得我走。我開門，轉身把門帶上，也流下淚來。

在車子裡，別的客人在談他們的紐約之旅，看了什麼，去了什麼地方。而我，在後座，靜靜地哭泣。

※※※

看著妹妹寄來的Heart and Soul，兩個天使面對而坐，如在看一面鏡子，就像我和妹妹。從來不覺得我們是兩個個體，妹妹是我，我是妹妹。當我看著妹妹，覺得那是我的靈魂，是另一個我。而我給妹妹的禮物，也是同一個系列的天使，不過我給妹妹的是「勇氣」。這個天使的雙手向上舉，就像妹妹雙手高舉說「上升」的樣子。

「勇氣」，是的，妹妹是個勇敢的小孩。沒有勇氣的人，是無法打這樣艱辛的一仗。一看到這個勇氣天使，就買了。那這樣說來，我和妹妹都買了同樣的禮物給對方！想到這，眼淚不爭氣地又要流下來。不哭，不哭。擦乾眼淚，趕快把禮物拿去寄，這樣妹妹就可以趕快收到「勇氣」了。

沒有勇氣，就沒有健康，沒有健康，就什麼都沒有。每一天，每一天，都是恩寵。而我是這麼地愛你。

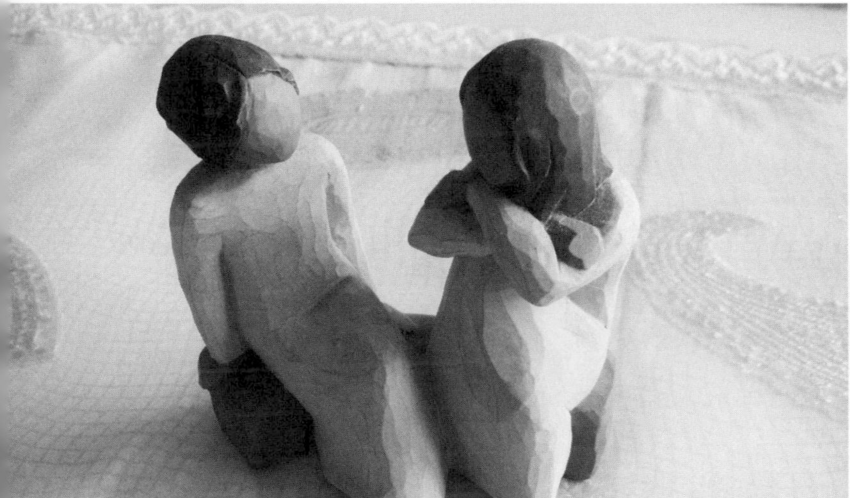

妹妹送給我的「Heart and Soul」（上）。
我送給妹妹的「勇氣」（下）。

紐約，我愛你

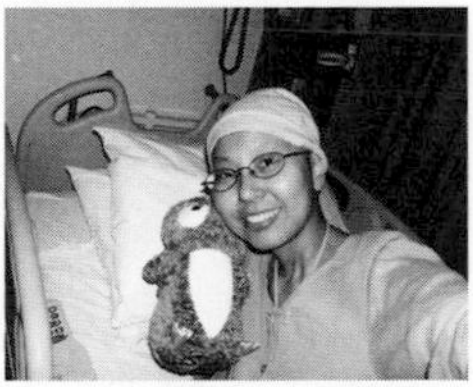

「你想看哪部電影？」妹妹拿出一個袋子問我。我看了看，選了《當哈利遇見莎莉》，妹妹說：「好，那你來放片子，我來關燈。」我們分工合作，把電腦放在小餐桌上，搬到沙發前。妹妹把點滴架移到沙發旁，我們小心地把人工血管移開。我坐到她身邊。「開始了。」我說，妹妹靠在我身邊。在黑暗中，我們看起一部經典的紐約電影。

我們的窗外就是紐約，但現在妹妹住院，暫時無法步入紐約街頭，所以，就讓哈利和莎莉帶我們到中央公園散步，到大都會博物館約會，去書店看書……有人敲門，是護士進來量血壓和體溫。我們暫停電影，護士好奇我們在看什麼電影，聽到是《當哈利遇見莎莉》，她笑說老電影了。她看得出我們很想繼續看電影，所以沒有多做停留，做完檢查就帶上門出去了。妹妹按播放鍵，我們又看了起來。

最後一幕，哈利在空曠的紐約街頭想念著莎莉，他知道他喜歡她，想念她，突然，他才驚覺，不，不只是這樣，他愛她。他跑了起來，跑到宴會的地方，找到了莎莉，告訴她當你發現了你愛的是誰，你一分鐘也不想浪費，只想要盡快地在一起開始新生活。莎莉眼紅了，「哈利，你就是這樣令人討厭，令人討厭……」他們相擁。電影結束。

我關起電視，妹妹說想不到還是這麼好看，我說所以是經典啊。妹妹爬上床，我把月曆上的日期畫掉一天，妹妹和我相視而笑。我們都知道現在這一切只是過程，很快地很快地，紐約不只是電影。在黑暗裡我們禱告，一天的難處一天當，今天的功課做完了，主啊，明日請賜我力量。阿們。晚安。

姊姊的守護者

很早很早，天還沒有亮，我開著車要到機場去。平常車水馬龍的路，此刻車輛稀少，一下子就上了高速公路。爸爸在旁指示著路線，上了高速公路後，他稱讚我開得好。我開起車上的音響，播放的是酷玩樂團的〈生命萬歲〉（La Viva Vida）：

I hear Jerusalem bells are ringing
Roman Cavalry choirs are singing
Be my mirror my sword and shield
My missionaries in a foreign field

不知為何，每次聽這首歌，就覺得我也可以征服世界。爸爸看看手錶說時間控制得很好，應該可以準時。太早起來，我們都是一臉的倦意，但很興奮，因為要去機場接妹妹，她今天從美國回台灣。

而在這樣一個看似再普通不過的早晨，在往機場的路上，車速固定在一百，我想起了你。前些日子在書店，我隨手翻起了一本書，本來早放棄了的書。記得我們交換書時，你曾介紹這本書給我。一收到書，我迫不及待地讀了起來，而奇怪的事發生了，我讀著讀著，開始覺得不舒服，甚至有暈眩的感覺。

我闔上書，閉上眼，心抽痛，讀不下去。

我告訴你，很抱歉，書無法讀完就要還你了。你善解人意的說沒關係，你了解。我說這些醫學術語，對別人來說可能是遙不可及的另一個世界，但對我們來說，它們是治療之道，代表了未知的恐懼，也代表了希望。

讀到骨髓穿刺，我看到醫生拿著粗大的針筒往妹妹的背脊插進，我不敢看，握著妹妹的手，麻醉藥打得足夠，她趴著等醫生抽完。我問妹妹會不會痛，她說不會，我想妹妹不痛就好。兩個醫生邊打邊聊感恩節的行程，擔心下班時會塞車。我聽著他們的對話，不知道醫生這樣是不是夠專業。

讀到白血球指數、感染、輸血、嘔吐……在那些日子裡，別人在討論股票的指數，或是百貨公司的折扣，而我們在觀望的是不同的數字。那時妹妹住在隔離病房，進到病房我們得戴口罩穿隔離衣，白血球指數接近零的妹妹，不能受到任何感染。一次護士告知可以到醫院的圖書館走走，妹妹好開心。我為她穿好無菌衣，才走到圖書館門口，管理員來阻止我們說妹妹不能進圖書館，看著她失望的表情，我好希望可以把大家都請出圖書館，讓她可以進去。

那段日子裡，我常看著世界運轉，看路上的行人，逛街的逛街，上班的上班，有人慢跑，有人閒晃。有多少人知道可以不用怕骯髒的空氣，不用怕人擠人的地方，可以吃外食，呼吸大家呼吸的空氣，這樣「正常」人過的「正常」日子，是

妹妹——我的守護者。

多大的恩典？有多少人知道，有多少人感謝？在那段期間，和妹妹通話通信，本想安慰妹妹，為她打氣，而她不管多累，多不舒服，都會打起精神和我說話。是她，反過來安慰我，為我加油。和她掛上電話，我常覺得我可以再繼續了。所以她才是姊姊的守護者，不是我依靠她，而是她讓我靠。讓我知道日子雖困難，但我們一起加油，我們做得到。

轉眼一年也過去了，那天和朋友約在書店見面。等朋友時，不知是什麼讓我重新拿起這本曾被我退掉的書。我一頁頁看下去，直到朋友叫我，才驚覺書已看了三分之一。我們走出書店，我告訴她我竟然讀得下那本書了。朋友笑笑說，「這很好，表示你更勇敢、更堅強了。」我聽了愣住，想想剛才讀書時，我把它當故事讀了，而那些醫學術語，也不再讓我害怕。

爸爸提醒我妹妹班機的航廈，要準備停車了。我想到妹妹這時已準備要下飛機，回到久違三年的故鄉，不禁笑了。這樣開始一天，何其美好。我的妹妹，我的守護者要回來了，而我，更勇敢了。

我們的歌

最近常下雨，早上明明就是大太陽的晴天，但一出門，滴滴答答，抬頭一看，又下雨了。小雨，不礙事。我把風衣帽子拉起來，唱起〈Raindrops keep falling on my head〉（雨點不斷打在我頭上），我笑了，走在雨裡。我看到妹妹童稚的臉，哼著歌，這首我們都愛的歌。

小時候爸爸出國讀書，他都會寄包裹回家，每次收到都興奮得不知如何是好，圍繞在媽媽身邊，要她趕快打開包裹。打開的瞬間，我至今都還記得，好像變魔術般，從箱子裡蹦出一堆禮物。或許年幼的記憶裡隨著歲月添加了色彩，但爸爸的包裹對我而言，一直是比什麼都還不可思議。

媽媽像尋寶一樣，從箱子裡「變」出禮物。有給阿公阿嬤的冬天毛衣，有給媽媽的外套，有給叔叔姑姑的鋼筆，當然，我已經等不及要知道爸爸給我和妹妹什麼。媽媽繼續挖寶，只見她拿出一個很可愛的音樂盒，輕巧地轉動了幾下，叮叮咚咚，清脆的樂聲從那個黃色的音樂盒響起。

我和妹妹都很喜歡那個音樂盒，但看妹妹對它愛不釋手的樣子，就把它讓給了妹妹。妹妹總愛抱著它睡覺，而我們就常在音樂盒的樂聲中睡去。

後來我們大了，有幾次的生日，不管是妹妹的還是我的，我們都會打電話到廣播電台點這首歌給彼此。

我和妹妹聽的歌，從那首〈雨點不斷打在我頭上〉後，隨著年齡的增長，開始分歧。每每她坐我的車，聽我放的歌開始評論：「好吵。」「好快。」「好大聲。」而等我坐上她的車，也對她聽的音樂很有意見：「拜託，這A樂團不是和B樂團很像？」她也不甘示弱地回我：「你喜歡的Norah Jones和Rachel Yamagata的聲音不是也很像？」

當然，我們也有一些共同喜愛的樂團，像ABBA，像披頭四。妹妹生病住院時，我到醫院陪她。一次有位音樂治療師帶把吉他去拜訪她，她問妹妹想唱什麼歌，妹妹點了披頭四的〈Yesterday〉。在那病房裡，我們都得戴口罩、穿防菌衣，音樂治療師也不例外，不過她沒有戴手套，因為不方便彈吉他。治療師開始了一個和弦，我依著妹妹看著歌詞，唱了起來：

Yesterday
All my troubles seemed so far away
Now it looks as though they're here to stay
Oh, I believe in yesterday

Suddenly
I'm not half the man I used to be

爸爸從美國回來了（一九七五年）。
攝於台灣銀行，台南分行宿舍。

穿著爸爸從美國寄回來的短大衣，
好溫暖（一九七四年）。

There's a shadow hanging over me
Oh, yesterday
Came suddenly
Why she had to go
I don't know
She wouldn't say
I said
Something wrong now I long
For yesterday

昨日，我所有的煩惱似乎已遠去
而現在，煩惱好像依然在
喔，我願意回到昨日

突然間，昨日的陰影籠罩在我身上

而我不再是以前的我
似乎轉眼間我又回到了昨日

為何她必須離去
她並沒有說原因
我不了解
我說錯了什麼
現在的我只渴望昨日

聽著妹妹細嫩的歌聲，我卻一句也唱不出來。我咬著唇，不讓眼淚流下來。

從來不知道這歌詞是這麼的貼切，對一個生病的人，也對一個健康的人。我們要不回昨日，但我們可以為明日更好的未來奮鬥。我很慶幸戴著口罩，可遮蓋我的眼淚和鼻涕。妹妹唱完後，又點了〈奇異恩典〉，我安靜的聽她們唱歌。

奇異恩典，何等甘甜，我罪已得赦免，
前我失喪，今被尋回，瞎眼今得看見。

如此恩典，使我敬畏，使我心得安慰，
初信之時，即蒙恩惠，真是何等寶貴。

許多危險，試煉，網羅，我心安然經過，
靠主恩典，安全不怕，更引導我歸家。

將來禧年，聖徒歡聚，恩光愛誼千年，
喜樂頌讚，在父座前，深望那日快現。

她們唱完，最後一個和弦的回音繚繞在這個小小的病房。妹妹謝謝治療師，治療師說她會多練一些歌再回來。「記得嗎？媽媽常唱這首歌給我聽呢。」妹妹說。我們坐在那，手握著手，看著窗外晚霞輝映，剛剛的歌聲沒有消失，我們靜靜地讓剛才的音樂安慰著我們的心靈。

回想起來，那個八樓醫院病房的記憶已是多年前的事了。妹妹才寄了他們上個月去夏威夷遊玩的照片來，她和妹夫站在海灘上，後面是太平洋豔麗的夕陽。每天都是不可多得的恩典，我沒有忘記，也不會忘記。抬頭看看，雨已停了。我把帽子拿下，深深吸進一口氣，下過雨的空氣裡，有種重生的感覺，而天空萬里無雲。我邊走邊唱了起來：

世界有你會更美好，沒有人能像你，
神的眼中你是寶貝，在世上你就是唯一。
喔！你是如此如此如此特別，在上帝的眼中，沒有人能取代你。
喔！你是如此如此如此特別，在上帝的眼中，沒有人能取代你。

喔，是的，沒有人能取代你，親愛的妹妹。

生命的印記

「姊：你好嗎？今天去剪頭髮，還修眉毛喔。好久沒有去美容院了，感覺很好。祝你有個美好的一天。

妹。」

妹妹的e-mail很短，但我讀了，怔在那兒。妹妹的頭髮長出來了，還可以去給人家修剪了！這真是太令人高興了。

想起很久以前，妹妹告訴過我一個查理・布朗的故事。查理・布朗的同學得了癌症，休學了一陣子。他們去看她，因為接受化療，她的頭髮都掉光了，戴著一

與妹妹在紐約（二〇〇三年）。

頂帽子。後來，春天來了，小女孩也好了，她和查理．布朗及朋友們一起去外面玩。一陣微風吹來，吹起小女孩的帽子，也吹著小女孩新長出來的頭髮。

那時我聽了，覺得好感人，也很感動漫畫大師舒茲花了這個心思，畫了這個故事。我想起去年的八月，妹妹要媽媽幫她剪頭髮。十月的時候，妹妹的頭髮都掉光了，我為她戴上帽子。而現在，春天來了，樹抽芽、花開、草綠、鳥鳴。妹妹也上美容院了。

我的眼睛微濕，沒有，我沒有哭。我很高興，很快樂。把妹妹的e-mail列印出來。

這生命的印記，是這麼的簡單，而神聖。

在火車上

早上妹妹起床，好興奮，今天是大日子，她要進城去上電腦課。妹夫丹上班時，她也起床了。他把火車時刻表拿給妹妹，然後再叮嚀了幾句，抱抱她才去上班。

送走丹，妹妹也沒閒著，梳洗後換上衣服，很習慣地正要去選一頂帽子戴，才發現沒有那個需要了！她的頭髮已經長出來了，前一陣子還因為頭髮長得有點參差不齊，要去給人修剪。修剪後，突然變得時髦起來，洗完頭要抹髮油，髮型才會出來。她抹完髮油，雙手把頭髮往後貼，就好了。

看看那近十頂的帽子，頂頂都是滿滿的愛與關懷。有我上癌症中心網站買的帽子，也有媽媽去中國城買菜時買的，也有丹去百貨公司買的。每一頂帽子都說著：「我愛你！」

看看時間，妹妹該出門了。她把地圖、火車時刻表和上課要用的東西都放到袋子裡。鑰匙拿了，再檢查一下門窗，就鎖上門走了。

妹妹住的地方離火車站走路只要五分鐘，跑步的話兩分鐘也就到了。她先去買票。車站小小的，等車的人倒不少。買好票，小心地握在手上，走到月台，期待火車進站。妹妹向鐵軌伸展的另一端天空張望，心中掩不住喜悅。

她很驚訝地發現，自從她和丹搬來這，她從來沒有坐過火車進城。倒是台灣來的媽媽和住在別州的我，那一陣子來照顧她，常從這坐火車進城。

妹妹站在那等火車，想到媽媽和我也曾經站在這裡，等火車要去醫院看她，有時候我們是回來休息，有時候是回來替她拿換洗衣物，有時候是回來拿東西給她，想著想著，她眼眶有些紅了起來。

火車來了！她的心興奮地跳動著。火車在她面前停了下來，站長出來收票。

「到紐約市嗎？」站長問。

「是的。」她說。

「祝你有美好的一天。」站長說，把票還給妹妹。

她微笑。我會的，我會的。

火車要開了，而妹妹要進城了！

有個男孩叫哈利

步出捷運，迎面而來的黑髮少年，拿著魔杖對我使魔法，我動彈不得地看著他黑框眼鏡後的綠眼睛。男孩長大了，記得那年夏天在紐約，還是個孩子，不管電視和廣告怎麼包裝，對我們麻瓜而言，哈利就是哈利，不是最有智慧，但最有勇氣和義氣。電影海報上寫著七月十五號，震撼登台。我停了下來，看著海報——《混血王子的背叛》。

捷運站裡我找不到九又四分之三的月台，可以毅然決然若無其事地走入隱形月台，和霍格華茲的學生搭火車去上學，我只有朋友寄給我的國王十字火車站的九又四分之三月台的相片。我也想要有一隻嘿美，e-mail沒有貓頭鷹送信的酷，可以望著天空等待。夏天，一直有止不住的驚喜，在披著夜風的蘇格蘭城堡夜晚，一個叫J. K. Rowling的魔法師，操著英國腔讀起她在沒有暖氣的小公寓只是為了哄女兒而寫的故事。在世界各地，我們守著出書時間，在半夜裡，麻瓜如我等，在書店外排了一長隊，為了讀在額頭上有個Z字形傷痕男孩的故事。

其實是妹妹介紹我們認識的，那個遙遠的夏天，我正讀著Ayn Rand的《泉源》，為Dominique和Howard如癡如醉的愛情故事著迷。妹妹說：「嗯，那聽來沒有我在看的書有趣。」我問她在讀什麼，「《哈利波特》。」我不以為然問是怎樣的故事，她興致來了說：「有一個男孩叫哈利……」再來的就不用細說了，一本不到七塊美金的平裝書，在超市買的，我一讀就入蠱了，從此麻瓜一族，不得翻身。

那年夏天，妹妹住院，而哈利則統治了整個曼哈頓，不只騎著光輪2000，還飛上了羅斯福高速公路上的對岸大樓，放眼望去到處都是哈利波特的電影海報。在鬧烘烘的曼哈頓，有著這些小朋友飛天入地的出沒，煞是有趣。

妹妹那時住院做化療，精神還不差，甚至瞞著護理人員帶著電腦入院，趁醫生護士不在，做起廣告設計，我也在醫院打地鋪陪她。白天她體力好時，會坐起來用電腦看看信件，針對客戶的意見改設計，體力不好時，她會要求我替她看信件，把設計交給助理做，她口述，我打字。

在醫院裡無聊，她要我告訴她最近有什麼好玩的事。我告訴她去見了一位文友，Nicole，妹妹覺得有趣，部落格寫一寫，竟然也可以交起朋友。Nicole和我都是哈利迷，倫敦九又四分之三月台的照片就是她給我的，我們在第八大道和四十二街見面，抬頭就看到哈利和妙麗。我提議我們去時代廣場看首映，她也高興地答應。

首映當天，紐約下起大雨，從東城到西城到處都濕答答的。我上網查看戲院賣票的情況，才知道時報廣場戲院的票已經賣完了，再找附近的戲院，也都沒有票了。眼看著哈利和妙麗一行人已經要降落曼哈頓，我們卻找不到入口。雨越下越大，只好和Nicole打消了念頭。

妹妹住院時，掛在病房陪伴她的家人、朋友照片及海報。

那晚妹妹和我吃完醫院的晚餐，有些累，我幫她上網打信。她看得出我有些失望，建議我試試醫院附近的戲院。她要我把電腦給她，便啪啪地上網查詢，她眼睛一亮說：「快，這裡的戲院再十分鐘就要開始了，還有三張票，別的地方都賣完了。穿外套啊，快去！」我趕緊穿上外套，「不要忘了帶傘！」妹妹說。我說好，便跑出醫院。

我照著妹妹的指示走，兩個轉彎後，就看到戲院前大排長龍，我趕緊打電話給妹妹求救。她叫我不要急，給她一分鐘。她又上網查了一次，這次只剩一張票了。

她說：「來，信用卡給我，我現在幫你訂票。」我慌忙地找錢包。「快。」妹妹催我。眼看時間一分一秒過去了，電影就要開演了，「好了，買到票了！快去快去。」我謝謝妹妹，趕快到票亭取票跑進戲院。霍格華茲，我來了！

我便和哈利、妙麗和榮恩去參加了一個鳳凰會密令，一個世紀大計畫；我們在古堡裡的餐廳享用從天降臨的大餐，飛上天打魁地奇，更組成了鳳凰會完成了一個祕密使命。不過，這麼多豐功偉業裡，有一個小小的甜蜜片刻，就是哈利的初吻，在冰天雪地的高塔，和張秋不期而遇，像雪片落下輕盈的初吻。而我們也要承受一個沉重的事實，就是天狼星墜落了，成了天上的星星。

最後，鄧不利多告訴哈利，其實在哈利還是小嬰兒時，他被施了最古老的魔法，就是愛，而在他爸媽不在的這麼多年，就是這魔法保護著他。最古老，也是最永久。

電影結束，走出戲院，看看錶，已經半夜。走在巷道裡，雨已經停了，空氣裡聞得出雨的味道。偶爾雨滴從樹葉上掉落在頭上，我哼著嘿美的主旋律，走回醫院。妹妹已經睡了，我進來時吵醒了她。

她問我電影好不好看，我說很棒。她坐起來，要我告訴她電影演什麼。我拉張椅子坐近她說：「有個男孩，叫哈利波特……」

快樂天堂拉麵

那是一個炙熱的晚上，和朋友從捷運站走出來，要到華納威秀看電影。朋友說看地圖不遠，應該就快到了。雖然是晚上的時間，沒有風，沒有蟲鳴，走起來只覺悶熱，走了一個街頭，已經滿身大汗。我肚子餓了，像個鬧脾氣的小孩，說要先吃些什麼，不然再走下去要中暑了。朋友笑我沒用，到了美食廣場，我們沒有力氣再找餐廳，看到一家拉麵店就走了進來。

店裡的擺設很可愛，坐下來的位置正對著貼了菜單的矮屏風，有圖片有價錢，快刀斬亂麻，我們點了兩碗拉麵。待我喝了口茶，研究起菜單的圖片，一碗碗偌大的拉麵散發著幸福的熱氣，冒著快樂的煙，裡面有滷蛋呈現著金澄澄的蛋黃，伴隨在側的有肉片，和湊湊熱鬧的青菜，拉麵游泳其中，邀你快快拿起筷子湯匙，不要顧及什麼形象，吃了再說。

※※※

是有這麼一碗拉麵，寫著妹妹的名字。

妹妹以前在紐澤西上班時，公司對面開了一家拉麵店，非常巧的是，拉麵店竟然和她同名，英文拼出來，一個字母不漏。她的同事們常愛笑鬧說去她開的店吃麵，妹妹更當起大戶，常去光臨。我去看她時，她交代我禮拜一的中午一定要去吃，因為那天才有招牌拉麵，麵裡才有肉，有吃到肉，她才會覺得飽。

其實我想這會不會是別的湯麵的替代品，在美國住久了，太思念那碗吃不到的湯麵，這樣一碗拉麵也就「無魚，蝦也好」了呢？那讓異鄉遊子千思萬想的麵，就是台南的迦拿鍋燒意麵。小時候媽媽常帶我們去吃，最讓我們興奮的是麵裡的一塊炸餅。那炸餅裡有一些蝦、一些肉和蔬菜，吃下去脆脆的，若被湯汁浸潤而軟化了，也好吃。

媽媽的好朋友蔡老師說，以前她和媽媽常帶我們姊妹去吃鍋燒意麵，只要麵一來，妹妹就會不客氣的跟蔡老師要那塊炸餅。我趕忙問蔡老師當時有給妹妹嗎？因為我絕對不會讓出那塊炸餅的。蔡老師聽我這樣問，大笑說：「我當然給妹妹啦。」我懷疑妹妹是不是先向我要過，我沒有給她，才轉向蔡老師要？我馬上後悔當時沒有向蔡老師也要那塊炸餅，不知妹妹比我多吃了幾塊啊。

這樣味蕾之間的遊戲及享受，在妹妹開始化療之際，消失殆盡。那時在醫院陪妹妹，每天吃醫院的餐點。為了吸引她多吃，再難吃的菜，我也故意吃得津津有味。妹妹很合作，她雖然沒有食慾，但只要是吃飯時間，她一定會吃些東西。

媽媽來陪妹妹時，也是不停地餵她。妹妹再怎麼聽話合作，也有吃不下的時候。後來，她反攻。一次媽媽沒有把飯吃完，她對媽媽說：「吃，吃，你給我吃下去。」媽媽笑，她也笑了。

但當醫院廚房出錯，幾次送來已經酸掉的牛奶時，我們就笑不出來了，妹妹一喝就吐了。我打電話到廚房生氣的說，難道他們不知道做化療的病人最怕感染，竟然這麼不小心，把壞掉的牛奶給病人喝？妹妹平常會拉著我，叫我不要這樣，但她只是漱漱口擦擦嘴，頭別過去。我看到她在擦眼淚。

後來，妹妹出院，很小心飲食。剛開始只能吃家裡做的熟食，對食物很講究的她，沒有胃口，也會開一瓶Ensure來喝。後來可以吃外食，我才體會到可以吃外食，其實是很幸福的，表示抵抗力夠了，可以和大家一樣吃外面的東西。

再去看妹妹，她已經可以開車來機場接我，然後我們直奔那家與她同名的麵店。我們一坐下來，她菜單看也沒看就點了兩碗招牌拉麵。是的，那一定是禮拜一了。老闆過來關心：「咦，你很久沒來了，怎麼瘦了這麼多？」妹妹笑笑，沒有說什麼。

我想老闆也沒發現妹妹的頭髮短了許多，一個平頭像個小男生。媽媽曾說，妹妹頭型漂亮，頭髮怎麼短怎麼好看。她看看我說：「你的頭就不行了。」麵來了，妹妹和我拿起筷子，二話不說，嘖嘖有聲地吃了起來。

我想要是這拉麵裡也有炸餅，我一定不會等妹妹問就給她。

※※※

想著想著，拉麵來了。我點的是日式辣味拉麵，朋友是味噌拉麵，熱氣騰騰，碗裡熱鬧非常，又是蛋，又是肉，又是麵。我抬頭想要一杯水，這時看到一個女孩子走進店裡，非常瘦，有些蒼白，頭上綁著頭巾，那種包法我看多了，因為我也曾幫妹妹這樣包過頭。

她雖然蒼白，但臉上散發著一股活力，說不出是什麼。她四處看看，很興奮地坐了下來，侍者過來問她點什麼。她偏頭看侍者，眼睛發亮地點了麵，侍者走

與妹妹在紐約（二〇〇三年）。

後，她一臉開心地拿起筷子。那種開心我知道，是重返人間的歡喜。朋友叫我快吃，電影要開始了。我吃了一口，湯的熱氣模糊了我的視線。朋友問好吃嗎？我說，好吃，像天堂的滋味。

我遇見了天使

十二月的台北，陰冷，灰色是唯一的色調。冷風吹來，我拉起領子，瑟縮地躲在捷運出口有遮蔽的地方，看看時間，我早到了十分鐘。今天約了天使見面。天使會長什麼樣子？聽說有翅膀，有一頭鬈髮，當然，還有一顆柔軟的心。

幾個月前經歷了一個小小的低潮，天使知道了，現身來安慰我。她說喜歡在睡前看我的書，在繁忙的一天後，把煩惱和論文放在一邊，拿起我的書，進到我的故事裡。但，她說，早在幾年前，就已經安慰了我。

幾年前心愛的妹妹生病了，在紐約的醫院需要捐血，網路上的另外一位天使酪梨壽司把消息放在部落格上，遠在美國中西部的她看到了。那時她剛好要去紐約跨年，便同紐約醫院預約了時間去捐血。「在捲起袖子捐了一大袋血後，也開始讀你的文章，當起了你的讀者。」她寫道。

一下子，很多回憶洶湧而來，已經忘掉的淚水瞬間積滿了眼眶。看到了她的留言，我馬上回覆謝謝她，問她何時回台灣，很希望可以親自謝謝她。趁十二月學校放寒假，她會回台灣幾天，我們便約了中午吃個飯。捷運站出口人潮不斷，我一一地看著行人，很怕錯過她。

一個女孩子走了出來，她看到我，不確定地對我笑笑，我迎上去。她問我是不是獅子老師，我說是的，我張開雙臂擁抱她，她也給了我一個扎實的擁抱。原來，天使的擁抱是這麼溫暖。

我問她會不會冷，她說還好。走在寬闊的人行道上，鴿子不時擋在路中央，我們走過，鴿子飛起，又落下覓食。她告訴我在中西部的P大學讀博士，快拿到學位了，我恭喜她。她說花了六年的光陰，我說值得的。到了餐廳坐下後，我才有時間好好看看我的天使，她是位漂亮的長髮姑娘，名字如她的人一樣，是溫暖的早晨。

我沒有去過她讀書的大學城，要她多告訴我一點。她說是個很無聊的小地方，到處都是玉米田。哇，我驚呼！「那豈不浪漫？」她搖頭說整個城鎮就屬她的大學最大，也提供最多的就業機會，大學就是小城的中心了。想起我德州的大學也是如此，一片看不到盡頭的平野上，就我的大學占地最廣。妹妹晚我一個學期入學，才到校園就吃驚校園的景色如此不顯眼。德州就是如此，天寬地闊。

後來，妹妹考上了三所研究所，一個在紐約上州，一個在洛杉磯，一個在芝加哥。她無法決定要去哪裡，這三個地方完全不一樣。我們甚至開玩笑說，在她要重新進入美國境內時，請海關人員從三張入學通知裡抽一張好了。後來她選了紐約上州理工學院的平面設計科系。

妹妹的學校很大，就是一般大學的校園，附近也是農田，平常開在路上，都是農夫市場。有一天她打電話來說讀到了一則消息，報導了美國最無聊的校園，她的校園是第二名。我大笑，問第一名是哪裡。她說也在附近，是西點軍校。

天使姑娘的P大位於玉米田的城鎮，再加上課業的壓力，想必再好的風景，也欣賞不來。「不過，好玩的是廢棄的玉米田就蓋起了迷宮。」她說，我問她有沒有去過迷宮，她說學校真的太忙了，也沒有時間去。我想起柯裕棻寫過她讀博士時，得了憂鬱症，去看學校的心理醫生，結果發現她的醫生憂鬱得比她還厲害。

「在學校除了寫論文，還當助教，所以寫論文外還得備課教書，很忙。在學校就吃學校的自助餐廳，在家就泡泡麵，省事又省時間。」能夠趁寒假回家，她很高興，雖然才匆匆一個禮拜，就算沒有去哪裡，待在家裡就讓她很滿足了。

她的三個兄弟姊妹不常聚在一起，所以即使在家裡有自己的房間，要用電腦或看書時，硬是要與家人一起擠在客廳。「擠在他們旁邊，好像就可以多得到一些溫暖，可以帶回去美國。」

我謝謝她那年紐約的跨年之旅特地為妹妹捐血。她笑笑說就幾滴血而已，不要放在心上。她說那年去紐約，除了看時報廣場的跨年，沒有什麼特別的活動，就去捐血。

我知道在美國不像台灣，做什麼事都要預約，而且去一趟醫院沒有兩個小時是出不來的。她想了一下說，既然我們都在提這件事了，她就告訴我那次的經驗好了。

原來，她去了三次！第一次捐血前的體檢沒有通過，鐵含量不夠。幾天後她再回去，鐵含量還是不夠。要離開紐約前，她不死心再去一次，這一次就成功了。「反正在紐約我也沒有什麼事，有時間我就過去看看鐵含量回升了沒。你知道嗎？我常捐血的，在台灣捐血只能捐兩百五十西西，而在美國可以捐到四百西西。」她不在意的說，而我卻感動得說不出話來。

我想起田納西・威廉劇作裡的一句話：「Whoever you are, I have always depended on the kindness of strangers.」（不論你是誰，都不能沒有陌生人的善意幫忙。）雖然她一直說沒有什麼，但我知道我要求的是一件大事。她不只要給出時間，大量的時間，沒有什麼比時間更寶貴；而她還跑了三趟路。那一袋血，對她來說，「幾滴血而已。」但對我來說，珍貴之至。一個陌生人，因為另外一個陌生人的需要，她無條件地付出。而我要如何才能回報呢？

我把我的書送給她，她很開心地收下。我奇怪她會喜歡讀我的東西，她笑說喜歡勵志小品，更喜歡忙完一天後，把一切放下，翻翻我的東西，伴她入睡。「你要再繼續寫喔，繼續出書，這樣我就有更多伴我入眠的書了。」我謝謝她不是在廁所看我的書，我們大笑。

吃完午餐，我們走出餐廳，冷風吹來，但一點也不覺得冷。我祝她一切順利，她抱抱我，天使的擁抱。原來，天使是真的存在。你可能永遠不知道他們在哪裡，長什麼樣子，但他們守護著我們，在我們最脆弱的時候出現，告訴我們，這世界上還是有愛，還是有奇蹟。

謝謝天使姑娘，還有曾經幫助過我們的天使們。不管你們在哪裡，不管我認不認識你們。謝謝。抱一下。

八樓的天使

早上妹妹起床，是護士把她吵醒的，她張開眼，病房裡還是黑暗的。「我幫你把窗簾拉開好嗎？」護士好意地問。她點點頭。窗簾打開，瞇起眼，是個晴天呢。八樓病房房間裡看不到太陽，倒是晚上運氣好的話，有時候可以看到月亮。護士看看醫生的報告，說晚點會帶她去做一些檢查。

在這漫長的住院日子裡，這些在別的樓層的檢查反而是最令人興奮的事，因為可以藉機走出這個房間。做這個療程，辛苦的不只是身體，還有心理上的煎熬，因為要關閉在這密封的病房裡。別人進來得穿防菌衣和戴口罩，妹妹受不得任何感染，而她也不能離開這個房間。

妹妹坐起來，吃了些東西，想等一下可以出病房，那還是換件比較漂亮的睡衣，至少看來會比較有精神。打掃的護士接著進來，她是俄羅斯人，濃重的口音，聽了總覺得和外界連上一些關係。

她愛問護士今天天氣如何，護士會很仔細地為她描述。「今天啊，雖然出太陽，但風很大呢。我走去坐地鐵時，風還把車票吹走，我跑了一小段路去追。」妹妹笑了，想像著紐約的街道和繁忙的交通。

護士出去後，不久有人進來推她去別的樓層做檢查。她要他們等一下，找了頂毛線帽戴，披了件毯子。他們把輪椅推進來，幫她蓋好毯子推出了病房。

到了檢查的樓層，做檢查的人還是排了一列。她看到這一列裡有小朋友，瘦小的身軀縮在輪椅上，小朋友抱著玩具熊，像是睡著了。她看了很心疼。為什麼小朋友什麼事也沒做，為什麼他們也得受苦？真是不公平啊。

回到病房後，護士進來幫她架設好點滴，拿藥給她。護士看她有些落寞，問她還好嗎？她忍不住告訴護士，看到小朋友也在這癌症醫院裡，她很不忍心。

護士微笑，幫她把毯子蓋好，拿了杯水給她說：「你不要為他們擔心，我也照顧過小朋友的樓層。你知道嗎？其實小朋友對疼痛及疾病的感覺和大人不一樣，或許是他們還小，當他們不舒服或痛的時候，我們只要想辦法讓他們分心，他們很快就會轉移注意力，而不會喊疼了。」護士拍拍妹妹的肩膀繼續說：「不要為他們難過，你好好休息，你和小朋友們都要加油喔！」

護士走了後，妹妹忽然覺得好多了。還好小朋友們是這樣，她感到些許的釋懷，她知道很快的，她和小朋友們都會出院，走在紐約的街上，吃路邊賣的棉花糖和熱狗。她看著窗外，一片白雲飄過。她微笑，低頭禱告起來。

希望，不曾遠離

一直很喜歡羅丹的雕塑〈行走的人〉，他向前的決心，向前走。腳踏大地，大地回以力量，每道走過的步伐，成了過去的史跡。不回頭，不回頭，回頭就成鹽柱的，不能回頭。我們向前，勇往直前的，走走走！走出病痛，走出力量，也走出希望。

今天是「Relay for Life」（生命接力競走）的日子。親愛的妹妹，我們曾約定要一起去的，你無法前來。你在家，為了即將展開的第二輪治療靜養。但，我會去，為你、為我、為所有的戰友，我會去。

下午七點到市立公園，已經沒有地方可以停車。大家都來支持這個有意義的活動。Relay for Life，是美國癌症協會在每個地區所舉辦的活動，而在我的小鎮則是在市立公園裡舉行。有很多攤販把所賣東西的盈利都捐給癌症協會，美容院也來義剪，把所剪下來的長髮捐給Locks of Love（髮之愛協會）做假髮，送給癌症病患。

公園滿滿的人，擠在噴水池邊和草地上，我看到波克醫生拿著麥克風在舞台上致詞。他說每年癌症治癒的人數越來越多，不是因為我們醫生做得好，而是你們病人做得好。大家拍手。

很多人穿紫色的T恤，上面寫著「Celebrate Life! I survive!」我看了，眼淚就掉了下來。我去註冊，也買T恤，小姐問我是不是生存者（survivor），我說我是生存者的家人，她就給了我白色的T恤。我在填寫註冊單時，大會主持人為大家祝禱，誠心希望為癌症所苦的戰友，都可以戰勝。

我也低頭禱告，多麼希望妹妹，你也在這，穿著紫色的T恤。你會的！我要你下次和我一起來。我的淚水不聽話的一直流一直流，卻又沒有帶手帕，只好用袖子擦。

我問小姐有沒有tissue（面紙），她說T-shirt一件十美元。我就笑了。我英文有這麼破嗎？接著主持人要生存者向大家說名字，何種癌症，及痊癒時間。每聽一個生存者，大家拍手叫好。我又哭了，又是眼淚又是鼻涕的，袖子擦不完，乾脆用新買的T恤擦。

等他們宣布完光榮的戰績，接著繞噴水池遊行一圈。大家為他們大聲歡呼拍手。下次你來走，我一定是歡呼最大聲的。生存者走完，換支持者下去走。環繞著噴水池的一個個小袋子，寫著患病的親人好友的名字，大家慢慢走，為他們禱告，祈福。

我也把寫你名字的袋子擺在池邊，這麼多人為你禱告。親愛的妹妹，這麼多

紫色的T恤。

眾人圍著池畔遊行。

的希望與祝福。我們擁抱，我們也哭泣。我了解到希望，不曾遠離。我也不曾遠離。

笑聲，是希望；淚水，是希望；骨髓移植，是希望；捐血，是希望；化療，是希望；放射線治療，是希望。

你，是希望。你，不曾孤單。

妹妹

晚上教完最後一個學生，送他們下樓，家長的車已經等在外面。為他們關上車門，揮手道再見，天空飄著小雨，我縮著脖子拉緊衣領跑進大廳回到樓上。一開門，妹妹已經擺好了餐具和晚餐。「來吃飯了。」她招呼我，我驚訝她還沒吃飯，她笑說想等我一起吃。我心一揪，謝謝她，頭低下，要她快做謝飯禱告，不讓她看到泛紅的眼。

妹妹趁休假，從美國回台灣來看我們。晚上爸媽不在家，就我們兩個。在小桌子前，我們膝碰膝頭碰頭地靠在一起吃晚餐。妹妹買了這次回台灣的新發現——懷舊排骨便當。看她吃飯是種享受，你會認為天底下再也沒有這番美味。記得一次和她逛夜市，吃起沙茶羊肉，老闆看她享受的模樣，終於忍不住問：「小姐，有這麼好吃嗎？」

小時候吃飯，妹妹總是吃得比我快，常常我還在發呆，唰地一雙筷子就從我碗中劫走飯菜，還來不及看是什麼，碗中已少了一大半。媽媽說妹妹還是小嬰兒時，才餵完奶不一會兒，就嚎啕大哭了。媽媽想不透，就再餵她吃奶，咦，小嬰兒就不哭了。後來理出了原因——別人是四個小時餵一次，妹妹是兩個小時要餵一次。「養妹妹的奶粉錢可以養兩個小孩了。」我大笑，媽媽說我也不用笑得太早，因為我省下的奶粉錢都拿去看病了。

看小時候的照片，妹妹總是笑嘻嘻、很討喜的可愛寶寶，而我瘦巴巴的像竹竿，叔叔們更為我取了「紅豆冰」的綽號，因為腿上常被蚊子叮得亂七八糟。一次妹妹穿了露背裝，叔叔和姑姑的讚美聲沒有停過。我心有不甘，找了一天也換上露背裝，姑姑和叔叔也驚呼，馬上說：「趕快去換下來！你這樣穿不好看。」我幼小的心靈受到打擊，對妹妹更加不滿。

其實，很少有姊妹從小就相親相愛的，朋友說她小時候常去偷捏小她五歲的妹妹，因為媽媽常抱妹妹，她便嫉妒在心。妹妹像跟屁蟲一般跟前跟後的，我做什麼她都要跟。當姊姊的莫名地被妹妹崇拜著、跟隨著，就驕傲了。

幸運的是這個階段隨著年紀的增長也有了改變。上了五專，爸媽的工作調到北部，便把我們交給阿公和阿嬤，那時突然之間姊妹感情就好了起來。我們不常說話，讀高中的她功課也重，但她還找時間去學畫，還會帶我一起去看畫展。不變的是我彈琴時，她還是會過來關我的房門。

說到鋼琴，這就是姊妹情結的開始吧。妹妹的琴彈得很不錯，只是她追不上我的進度，不是她不夠用功，而是她比我小。這是沒辦法改變的事實，我早了她兩年出生，所以早學琴，其實我並沒有比較厲害。但同一個時間點來看，我的程度比較高，妹妹不知道，所以她追得很辛苦，後來，就放棄不再學了，也不想聽我彈。

只要我一彈琴，她先過來關我的房門，再關上她的門，繼而開起收音機。聽說我出國讀書時，她最常聽的反而是古典鋼琴音樂。「我想你啊。」妹妹說。

晚餐很快地被我們一掃而光。妹妹明天就要回美國了，問她想做什麼。「我們來彈鋼琴，好嗎？」她說。我笑了說當然好！我打開鋼琴把譜放上。「你記得什麼呢？」我問，「Do Re Mi Fa Sol La Si Do」妹妹唱起來。「很好。」我翻起周杰倫《不能說的祕密》琴譜裡的〈路小雨〉，指指高音譜的旋律說，「來，你彈這。」她抗議為何給這麼簡單的聲部？「慢慢來，這是很好聽的四手聯彈，你會喜歡的。」我說。

我先彈前奏，妹妹把手擺好。四個小節後，主旋律進來，好像天空吹起了微風，燕子順勢飛進了風中；好像溪水細流，魚兒翻滾遊玩；兩個旋律一個低沉複雜，一個清晰簡單明亮，低音的存在就為了要襯托亮麗的高音，少了誰都不成的。如姊妹，姊姊先到是為了當姊姊，妹妹來當小跟班，兩個在一起，甩都甩不掉。

和妹妹四手聯彈。

後來，驚覺不是這樣的。雖然小時候沒有辦法，得黏在一起。有一天，姊妹分開了，先是一個城市相隔距離的遠，後來是相隔一個太平洋，時差十五個小時的距離，遠得你夢也夢不到。相聚的時候更加珍貴，因為得來不易。

夜深了，我們停了鋼琴聲，退到臥室，幫妹妹整理行李，都打點好後，躺在床上關燈睡覺。在黑暗中我們聊天，從小我和妹妹共享一個房間，有時候是雙人床，有時候是上下鋪。在德州讀書時，則一人一個房間。記得她常要我早上當她的鬧鐘叫醒她，有時候懶得起床，便從我這頭叫她，聽到她起來了再繼續睡。我們也分享一天中的最後一句話，往往晚安還來不及說，就睡著了。

在妹妹回來的這些時候，發現我睡得特別好特別香。和她一起，好像被洗滌般地沉穩了下來，也放鬆許多。聽她說話，看她與別人的互動，我想是的，她就是如此地善良，如此地為別人著想，關心別人，而我是這麼地想念她。妹妹明天要回去了，我沒有多想，也不願多想。

早上爸爸吆喝我們起床，已經準備了一桌的早餐。用完餐，我帶著妹妹去坐公車。天空下起小雨，我們沒有帶傘。妹妹說沒關係，很快就要上車了。我才在看公車站牌，咻地車子來到，我們火速地抱了一下，沒有時間咀嚼離別的情緒，她跑上車，就開走了。

留下我，留下我還沒有收拾好的心情，就哭了。像個小孩子般，我用袖子擦眼淚。路上過往的車流不讓我聽見心碎的聲音。我哭，因為同一個時差的世界又要變成兩個，又要隔著一個好遠的太平洋；我也笑，因為我很高興妹妹回來，看到她氣色這麼好，看到她吃得這麼開懷，看到她，就是生命的禮讚。所以我哭，我也笑。

喔，妹妹。

妹妹在睡覺，不要吵。

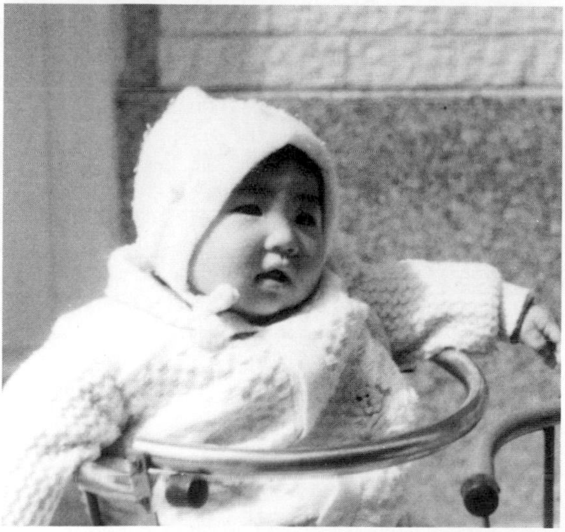

妹妹的嬰兒照。

一杯茶

今年妹妹抽空回台灣探親，我陪她去禮品店買茶葉帶回美國送人。台灣的茶葉包裝非常精緻，往往我們一開始逛，就迷失在變化多端的精美茶罐裡了。妹妹看得非常仔細，她驚嘆台灣的設計業如此精巧，傳統中又帶有現代感，不一會兒，購物袋已經裝得滿滿的。她說，「對了，我們要選一盒給雪倫。」

雪倫？我依稀記得這個名字，問是醫院的朋友嗎？她說是的，雪倫不久前才到加州去看妹妹，她也問起爸爸。我想起來了，她們第一次見面，就是在紐約的醫院，那時爸爸在醫院陪著她。一下子，我們都掉入了回憶。

那年，妹妹生病需要住院，進行長達一個多月的治療，爸爸媽媽都從台灣飛到美國來陪妹妹。遇到雪倫的那一天，妹妹記得很清楚。那天早上爸爸媽媽從紐澤西開車到紐約市的醫院看妹妹，妹妹住在八樓，是化療病人的樓層。住在這裡的病人比別的樓層的病人虛弱，他們都一個人一個房間，避免感染。進到妹妹病房的人，也都需要穿戴防菌衣和口罩來保護病人。

妹妹做的是全身性的化療，所以身體格外虛弱。護士鼓勵妹妹多運動，爸爸一到醫院，第一件事就是要妹妹起床到走廊走路。「起來起來，爸爸陪你走路喔。」

妹妹不管多累多不願意，看到爸爸這麼熱心地邀約，還是爬了起來。她一手扶著打點滴的機器，一隻手臂圈上爸爸的肩膀。「好，我扶住你了，我們出發了。」爸爸像啦啦隊一樣，為妹妹打氣。「我們走五圈喔，來，第一圈。」爸爸就這樣攙著妹妹，慢慢地走在走廊上。

他們走過一個個關閉的病房，妹妹常好奇裡面的病人是不是和她一樣虛弱，是不是和她一樣想家，只想趕快出院？他們有沒有家人也從很遠的地方來看他們？有沒有也被家人強拉出來走路？在走廊上，有時候也會碰到出來走路的病人，她都刻意低下頭不去看他們，因為她也不願意別人看到她如此虛弱的容顏。

妹妹告訴我，她都不看鏡子了，鏡子裡的人不是她。她不認得那個面容浮腫的臉。我們告訴她，在我們的心裡，她仍是一樣美麗。雖然現在沒有以前漂亮，但換來健康是值得的。

當他們要讓路給別的病人時，爸爸和他們打招呼。大家都嚇了一跳，因為爸爸洪亮的聲音，而少有人會和病人打招呼。基於禮貌，妹妹只好抬頭看看對方，也點頭示意。

她看到的是一位女病人，年紀大約在五六十歲，同她一樣臉色蒼白，也因為沒有什麼體力，有點駝背。陪在她身旁的是一位年輕男子，他們立刻明白了女的是媽媽，男子是她兒子，也很快地了解了誰是病人，誰是照顧者。他們交換了房間號碼，邀請彼此多來坐坐。

後來，爸爸真的陪妹妹去看她。她叫雪倫，來自麻薩諸塞州，而兒子住在加州。比起里程數，妹妹住紐澤西，但爸爸是從台灣來的，所以爸爸的路途最遙遠。雪倫做的化療也是全身性的，很容易受到感染。治療以後，他們就得閉關休息，一個病人一個房間。這樣的隔離，可以保護病人，但關在這樣一個小空間，任誰都受不了。所以，他們喜歡有人來看他們。

那時，我住在離紐約八個小時車程的維吉尼亞州，只要有休假就飛去紐約看妹妹。不能去看她的時候，就常打電話給她，哪怕只是課堂間五分鐘的休息時間。有時候妹妹接電話，有時候沒有接。

妹妹說話的聲音很小聲，聽在耳裡，很是心疼。但她告訴我認識了一個新的朋友，我好為她高興。她說雪倫和她每天最興奮的時刻，是看白血球報告上的指數，最期待的事，就是回家。

雪倫比妹妹早出院，如沒有說出口的誓言，雪倫定期寫信給妹妹，為她打氣，而終於妹妹也出院了，回到自己的家中。後來，只要她們需要到紐約市的醫院回診或做預防性治療，都會先問問對方，看看會不會在醫院裡遇到。

沒有做治療的那個人，總會特別花時間坐一趟火車來城裡看看需要做治療的人。她們知道這樣的鼓勵有多麼重要。

在醫院裡，她們說下次在醫院以外的地方見面時，一定要一起去喝杯茶，她們為這杯茶努力著。

後來，妹妹搬到加州去了，和雪倫較少寫信，但她也知道那是因為她們都健康，都忙著享受人生大大小小的事。一次，妹妹到紐約出差，特別打電話給雪倫，才知道雪倫又住院了，妹妹趁週末去看她。

雪倫在私人治療室做化療，妹妹看到她綁著頭巾，知道她頭髮一定都掉光了。

雪倫的女兒是茱莉亞音樂學院的學生，這次換她陪雪倫。雪倫問爸爸好不好，妹妹笑了，也問雪倫的兒子好不好。雪倫做完治療，很虛弱，她幫雪倫叫計程車，看她坐上計程車才離開。雪倫謝謝她，她說這是應該的，因為她們是戰友，一定要一起加油。

今年春天，雪倫飛來加州看她兒子，問妹妹可以來看她嗎？妹妹想都沒想就說好。妹妹和妹夫丹看地圖，兩個小時的車程，去看一個老朋友，太划算了。

她們約在世外桃源的海邊城市聖塔莫妮卡見面。妹妹說那天的天氣簡直不像真的，萬里無雲的大好晴天，她們一見面，擁抱了好久好久。第一次，雪倫見到了丹，而丹也第一次見到雪倫。而這也是第一次她們在醫院以外的地方見面，更是第一次兩人見面時，都是站著的！因為在醫院裡見面，一定有一個人是躺著或坐著在做治療。

雪倫問起爸爸，大家都笑了。妹妹告訴她，爸爸很好，早退休了，像以前一樣愛運動。他們度過了愉快的一天，要分手時，雪倫大喊糟糕了，他們都很緊張地問怎麼了，雪倫說，忘記她們一杯茶的約定了！時間真的不夠，雪倫的兒子得回去，而妹妹他們也另外有約。妹妹抱住她說，下次！下次一定要一起喝杯茶。

我站在茶葉店裡，聽著妹妹說這杯茶的故事，茶的香味隱隱約約地飄過來，小姐為我們端來試喝的烏龍茶。我們各自拿了一杯，我說：「敬雪倫。」她說：「敬爸爸媽媽，敬你，還有丹。」我們乾杯。茶，苦苦甘甘的，喝了下去，香味從喉嚨跑了出來。

「就這一款茶，我們買給雪倫。」妹妹說。我們把茶拿給小姐，她幫我們包裝，妹妹請小姐包漂亮一點，「要給一位很特別的朋友。」小姐說好。待包裝好，我們小心地拿著茶葉禮盒，雖然，只是茶葉，但我們知道，這茶，比什麼禮物都來得珍貴。

雪倫、妹妹和雪倫學音樂的女兒。加州聖塔莫妮卡海邊（二〇一一年）。

而我不再哭泣

那是一個寒冬的早上，很冷很冷，冷到呼出的氣都是白煙。我一早起來就打電話給妹妹，妹妹在醫院裡，我很掛念。不知她昨晚有沒有睡好？不知道今早護士去抽血了沒？白血球指數如何？心中很多的掛念，很多的問題，都沒有確定的答案。

妹妹接了電話，她小聲地告訴我她睡得很少，護士已經來過了。她覺得很累，想睡。我說好，晚點再打給她。掛上電話，我泡了咖啡，看著窗外後院的草地，細細地蒙上一層白霜，等一下可能會下雪。

我推門而出，坐在草地上，喝著咖啡，然後，我就哭了。心是重的，那重量壓在心上，沒有隨著昨晚的一覺而得到舒緩，還加重了一些。我掩面哭得像小孩子般，整個上半身趴在膝蓋上大哭。我好怕，我怕生命就這樣消失了……我怕，世界來到了盡頭，我怕我沒有了妹妹。我不能沒有她，她是我的生命，我是她，她是我。從她一出生，我就等在那裡當她的姊姊，我的生命很早就有了妹妹，我不能想像生命裡沒有她。

那些日子裡我常常哭，哭得眼睛很腫。媽媽也是，妹妹也是，但我們都笑笑說，又變成肉圓了，或變成魚丸了，指眼睛腫脹的大小。我也知道不可以太常哭，眼睛會哭壞，但是，心中的悲傷每每累積到一定的程度，就得滿出眼睛洩洪。我讓眼淚洗盡我承受不住的擔憂，然後，一天就又過去了。

我得到消息的那個早上，也是在寒冷的早上。我在學校的課還沒有開始，先打電話給妹妹。那時候，她因為發現了脖子下的一個腫塊，去做切片檢查。手術都算順利，她去看了報告。妹妹告訴我，醫生很沉重地告訴她是淋巴癌，她得換到大醫院做治療，她不懂為何醫生的臉色很難看。後來，我馬上上網去查看資料，打開網頁，第一件事看到的就是死亡率，眼前黑了，我像被雷電擊倒，身體不自覺地發抖，我關了網頁。

好冷，我冷得發抖。我不懂淋巴癌，但我知道它很可怕。接下來的療程是化療和放射治療。化療是把壞的細胞殺死，但同時，也把好的細胞一併殺光，然後，再慢慢靠免疫系統增生好的細胞。妹妹接受的是更積極的療程，為幹細胞移植，把所有的白血球一併消除，然後，打進好的健康的幹細胞，讓全部的細胞重生。在白血球降為零的時候，也是身體最虛弱的時候。

會不會好起來？什麼時候可以好起來？什麼時候可以讓妹妹不再受這種折磨？可以再聽到她以前開懷大笑的聲音？可以看她吃她愛吃的東西？可以不再讓她哭泣？我想到這一切的辛苦，為妹妹感到很心疼，眼淚就止不住地流出來。

我坐在草地上大哭著，想起朋友說，不要浪費眼淚，不要浪費時間擔心這些事情，把體力留在有建設性的事情上。這些我都知道，如果我知道如何讓眼淚止住。

慢慢地，我停止了哭泣，看看四周，在春天時碧綠的草地，此刻看不出一絲生命的跡象。光禿禿的，露出的土地硬邦邦，完全無法想像這樣的土地會長出柔韌的青草。記得在盛夏的時節，後院的草地是除不完的，一個禮拜除一次草都嫌不夠，草長得非常快，尤其在下雨之後。但，冬天來臨，一下子，草就枯死了。我懷疑草能夠再長出來嗎？

我把乾枯的草整理了一下，這時看到了一絲綠，我不確定的蹲了下來，摸摸那個小小的凸起，根據這個地點以前開的花，想必是水仙花發芽了！我摸著那小小圓形的凸起，不敢相信在這接近零度的天寒地凍裡，生命依然有它的週期。雖然在這麼冷的天，它就是要開始長了，沒有什麼可以阻擋它。我笑了，一切都有了盼望。我想起傳道書裡的經文：

生有時，死有時
栽種有時，拔出所栽種的也有時
殺戮有時，醫治有時

照顧妹妹時，她畫給我的小紙條。因為那時我們常哭得眼睛紅腫，我們戲稱彼此為魚丸（我）和貢丸（她）（二〇〇七年）。

妹妹和妹夫丹（二〇一一年）。

拆毀有時，建造有時
哭有時，笑有時
哀慟有時，跳舞有時。

生命有它的運轉週期，你不能催它，你只能尊重它的規律。「有時」，時間，一切都需要時間，建造有時，重生也有它的時間。大地就是這麼運作，冬天，就是休息，春天來了，就會開始生長。就是這樣，就是這樣。

而現在，再回去看到坐在草地上哭泣的我，我多想過去抱抱自己，擦擦我的眼淚，但是我也知道，哭泣有時。或許，我真回去了，看到我在大哭，我會靜靜地看，就陪著我，什麼也不做。就如當時的我知道，這一切都會過去，當黑夜過去了，就是白天，當冬天過去了，就是春天。

所以，今年春天，妹妹回台灣看我們，當我們一家四口卻分成三個不同的行程出發時，我對媽媽說我不想離開你們。我想要和爸爸及妹妹去墾丁，也想和媽媽去看她當國標舞裁判。

媽媽抱著我，說：「平常心。要記得我們經歷了那麼多大風大浪，我們有今天，是何等的寶貴。我們雖然各有行程，但我們都快快樂樂、健健康康地在這，不是嗎？」我聽了，竟然眼淚就掉了出來。是的，我怎麼可以忘記在草地上哭泣的我？

每一天都是恩典，我不會忘記，哭有時，笑有時。跳舞也有時。在完成這本書的書稿，這一天，台北好脾氣地出太陽了。看著遠方的天空，對面大樓的後方飄著無憂的雲朵。

我想著在加州正做完晚餐，已經在書房趕設計的妹妹，想著在南部曬太陽的爸爸媽媽，想著我下午的鋼琴學生，我覺得反而不能用平常心來過日子，因為，日子太美好了。而我，不再哭泣。

第二部　家人

木瓜

廚房裡有一個木瓜。我看著它由青黃慢慢轉為淺黃，再至豔黃，才幾天，木瓜已呈深黃色澤，放軟了身段，盼我來享用它的成熟美味。我拿起來，捏捏底部，只要微微碰觸，即可以感受到極致的巔峰。而我在等什麼？木瓜的口感，只要閉眼，我可以想見。深紅色的果肉，一湯匙挖下來，放進口中，舌頭只要往上顎一推，果肉即化，輕輕一吞就入喉了，毫不費事，甚至懷疑那芬芳只是幻覺。而這也是阿嬤喜歡的水果。

阿嬤一直背痛纏身，多年來深受其苦，終於在醫生的詳細檢查後，決定要開刀。我那時帶學生到歐洲玩，每天看日期，想著阿嬤入院開刀，因為掛念，也睡不好，便算好了時間，從義大利打電話回美國問妹妹阿嬤的情況。

在嘈雜的龐貝城外，妹妹在電話裡的聲音聽來格外遙遠。「阿嬤好嗎？」我拉開嗓門，大聲地朝電話筒說。「……好啊，不錯啊。」遠遠傳來妹妹的聲音，我聽到不錯，也就放心了。

後來回到美國後，收到一封妹妹寄來的信，我才知道阿嬤其實開完刀一直沒有醒來，大家急壞了。爸爸叫妹妹不要讓我知道，反正我們都在這麼遠，也幫不了什麼忙。「那天在電話裡，對你說這個謊，是我做過最困難的事。」妹妹寫著。

一個禮拜以後，阿嬤終於醒了。原來在開刀中，阿嬤中風。背部的刀是成功的，但阿嬤也因此而半身不遂。阿嬤醒來後，又生氣又懊惱，她不懂為何入院前，她人還好好的，卻在醒來後無法起身。

爸爸、叔叔和姑姑去看她，她會閉眼不看他們，表示她的憤怒。他們也倉皇無措，只希望阿嬤快快接受復健，我和妹妹則希望可以趕快回去看她。「阿嬤不喜歡做復健，說很痛。」「阿嬤不喜歡在醫院，吵著要回鄉下。」聽著大家的報告，我只想在她身邊。

終於，我和妹妹排到假，一起回台灣看阿嬤。自她開完刀，就住進安養中心，在那裡有醫生、護士和復健師的照顧。我要去之前，爸爸要我知道阿嬤已經不是以前的樣子了，她的記憶在退化，常認不出人。「她若認不出你，你不要難過。」我說好。

我和妹妹來到復健中心，上了二樓，我們緊緊地牽著手。阿嬤從小帶我們長大，因為白天大家上班上學，就只有阿嬤和妹妹兩人在家，妹妹小時候還告訴大家阿嬤是她的媽媽。阿嬤很疼我們，雖然我們是女的，但她從不認為女的就比較不值得疼。在走上二樓的樓梯，我想起阿嬤對我說的話：「你是大孫，以後阿嬤走了，你要和你爸爸、叔叔、姑姑一起穿孝衣。」小小的我，阿嬤說什麼，就是什麼，我點點頭。

我們緊張地上到二樓，準備將要面臨的。二樓的整個樓層有十多個病床，我們一時之間找不到阿嬤，每張老人的臉一樣蒼老疲倦。我問護士，她說：「喔，阿菈啊，在那裡。」說畢，她帶我們來到阿嬤的病床。

「阿菈，有人來看你。」我和妹妹對著她叫阿嬤。阿嬤無神的眼光，久久看不到我們，護士說：「在這裡啦。」她把阿嬤的臉偏向我們，我叫著：「阿嬤，阿嬤，知道我是誰？」阿嬤看我，眼裡有一絲亮光。我再叫了一次，又一次。她沒有看我，卻叫出了我的名。

我小聲地哭了起來，妹妹捏捏我的手。「阿嬤，我呢，知道我是誰？」妹妹叫了好多聲阿嬤，阿嬤聽不出，幾次後不想再玩這個遊戲，把眼睛閉上了。這時護士來送飯，午餐時間到了。我把碗接過來說，「阿嬤，我餵你，好嗎？」阿嬤點頭，我小心地把粥吹涼，餵進阿嬤的口。阿嬤乖乖地含著，「要嚼啊。」護士盯著說。

「你小時候很不喜歡吃飯，一口飯要餵上半天，有時還跑走了。我怎麼可能跑得過你，一碗飯越餵越大碗。」「你一個猴嬰仔啊，都不穿鞋子，害我一天到晚追著你來穿鞋。」「你大了，阿嬤要告訴你，女孩子家不要坐在門檻上。」「你好沒良心，去那麼遠的地方讀書。阿嬤半夜睡不著，都在想你。」我的視線越來越模糊，只好把碗遞給妹妹，請她接手。

餵完了粥，我們問阿嬤想吃什麼，「木瓜。」她說。她終於看我們，而眼神裡有著期待。「好，我們去買，馬上回來。」我和妹妹走出復健中心，正煩惱要去哪裡找木瓜，就看到巷口有一家農會超市，前面竟然擺著一列黃澄澄的木瓜！我挑了一顆中等大小的木瓜，付錢後直接在店家前的水槽洗了起來，借了他們的刀，劃開木瓜，把黑溜溜的子挖出來，切好後趕快帶回去給阿嬤吃。「阿嬤你看，我們買到木瓜了，來，我們來吃。」阿嬤看不出在等我們回去，還是忘了有這一回事，我們一餵，她就張口。「好吃嗎？」阿嬤點點頭。

後來我們去看阿嬤，一定先去農會超市買一顆木瓜，再去看阿嬤。一次阿嬤說

在台南安定老家前，我在學步車裡。

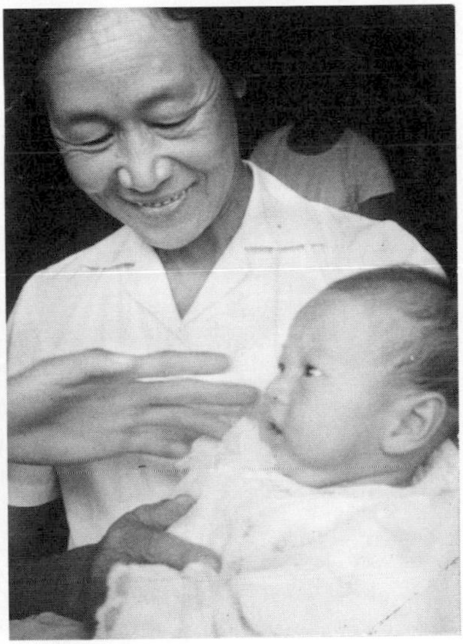

阿嬤抱著剛出生兩個月的我。

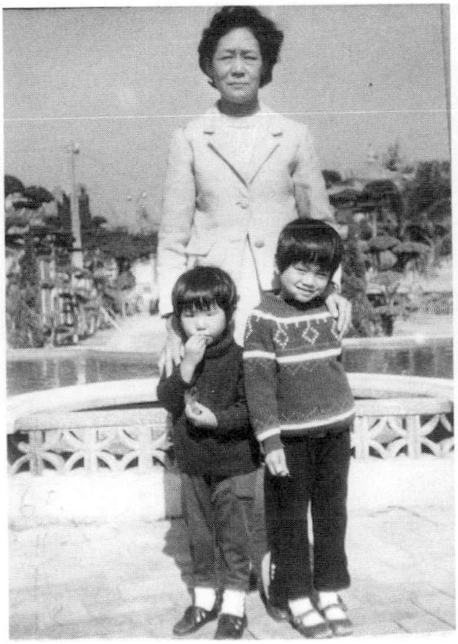

阿嬤帶著我和妹妹去高雄春秋閣玩（一九七一年）。

要喝魚湯，我說馬上去買。「有沒有錢？我抽屜有。」她說。她執意要我們打開抽屜，我照做。抽屜打開，就看到我和妹妹的照片。

我眼紅，假裝拿出一些錢說，「啊，找到了。」阿嬤問夠嗎，我說夠的。我們殺到東門市場買魚，那次就被看護罵了。「你們不能她說要吃什麼，就買什麼給她吃。她吃魚湯就會拉肚子的，不能吃啊！」我們像做錯事的小孩，低頭認錯。

我們也陪阿嬤去做復健。我推阿嬤上樓，護士把她架上運動椅，按下開關，儀器帶動阿嬤的手和腳。儀器一動，阿嬤開始哀嚎，「夭壽，很痛啊！我不要做。夭壽，這麼痛。」我聽了，非常不忍，希望護士能減輕運動的速度。

「小姐，你阿嬤都不做復健是不行的。」我走到阿嬤身旁，告訴她運動很重要，而且很快就好了。阿嬤眼神看著遠方說：「痛，痛啊。」而我只能無助地站在她身旁看她喊痛。

阿嬤走的那天，是清晨五點多。一早爸爸接到電話，我聽到電話聲也起來看是怎麼回事。在廚房找到爸爸，他看到我輕輕地說：「阿嬤走了。」我向前抱爸爸，爸爸欠欠身，轉身過去。

妹妹走出房間，我還沒說出口，她說：「阿嬤走了，對不？」我們很吃驚地看她，「阿嬤剛才來到我的夢裡，告訴我她要走了，要我們不要太難過。」說畢，我們抱頭痛哭。

阿嬤的葬禮在台南。她的兒子、媳婦、女兒和孫子們有三十多人。我們一行人在殯儀館陪阿嬤，念經文做儀式。大家的感情都很好，雖是喪事，常常我們聊一聊阿嬤身前的事，大家就笑了，我們得再警告大家這是悲傷的事，不可大笑，但看阿嬤和藹的笑容，悲傷中有了些慰藉。

一次大家餓了，和堂弟去買碗粿和肉羹回來給大家吃，大家吃得津津有味，突然小叔說：「啊，我們竟然忘了也給阿嬤一碗，歹勢喔，卡將。」我們大家趕快向阿嬤請罪，不過我想，阿嬤絕對不會生氣的。

大家送走了阿嬤，但也都知道，阿嬤就在我們身邊，不曾走遠。葬禮完，大家一行人去吃飯。我很喜歡聽爸爸、姑姑和叔叔們說話，而堂弟們最喜歡逗我笑，因為我笑起來很大聲，他們等爸爸來喝止我。果然爸爸要我小聲點，他們很樂，問我阿嬤都怎麼要我笑小聲一點。

我想了想，又想了想說：「阿嬤從來沒有要我笑小聲點，一次也沒有。」我終於知道阿嬤有多寵我。

這木瓜，只要一捏就要瓦解。原來，木瓜為我鎖著這麼一個完整的記憶，而木瓜一劃，就跳出我這一輩子再也無法對著她說出的兩個字：阿嬤。

無言花

天空下起雨，陰陰暗暗的，開車要出發去上課，我放進一張ＣＤ好伴我這三十分鐘的車程。ＣＤ上寫著「蕭敬騰」三個字，記得和朋友席琳提到他時，她愣了一下，說：「蕭敬騰？你是認真的嗎？」我想了想也笑了，因為這個名字第一次在我們的對話裡出現。我們常交換的歌手有Nina Simone、Norah Jones、John Legend、K. T. Tunstal、Coldplay……蕭的名字特別了些。我告訴她有首〈無言花〉，一定要聽聽，尤其是他唱的「思念」兩個字，特別動人。

我開上路，蕭敬騰也開始唱了，電吉他的前奏，等待歌聲的出現。

今夜　冷風酸雨來作伴
燈火照影人孤單
寂寞的滋味　透心腸
不知何時天才會光
你我哪會這無緣
離開了後才來思念
親像一蕊無言花
恬恬來開　恬恬水

車子安靜地行駛在高速公路上，他的每個字，每個音符，像雨點滴落到心底。不知道為什麼，台語歌給人的感覺就是悲情，江蕙的歌聲其實就是台語歌的註冊商標，但蕭唱這首江蕙的歌，給了它新的意義。我沒有聽過「寂寞」的台語，但他一唱，我也就懂了。

路邊的杜鵑在四月天裡開得有些零星落寞，好似沒有趕上花季而不敢太放肆。

雨滴打在擋風玻璃上。我開進隧道，雨刷繼續擺動，沒了雨滴的玻璃看來更加清晰。

一暝花開的香味
引阮滿腹的稀微
你敢有聽見花謝若落土
破碎是誰人的心肝
你敢有聽見花謝若落土
破碎是誰人的心肝

開出隧道，雨點繼續打下來，提醒我還沒有到目的地，還有一段路程。遠遠的山丘映著點點的白流蘇，一個轉彎，竟然看到一株被遺忘的櫻花，閃著最後的粉豔。「一蕊無言花　恬恬來開　恬恬水……」我唱著。雨繼續下著，雨刷奮力地來回工作，玻璃一下模糊，一下清楚，恍惚之間，我想起了阿嬤。

台語其實不是我的「母」語，正確來說的話，是我的「祖母」語。阿嬤和我的對話，從我一歲起，就是台語。她最喜歡唱〈望春風〉給我聽。

孤夜無伴守燈下春風對面吹
十七八歲未出嫁看著少年家
果然標致面肉白誰家人子弟
想要問伊嘛驚歹勢心內彈琵琶

想要郎君做尪婿意愛在心內
等待何時君來採青春花當開
聽見外面有人來開門甲看覓
月娘笑阮是憨大呆被風騙不知

「我十六歲就讓你們阿公看上了，一直到十八歲才迎娶我到你們王家。」「阿嬤，你年輕時一定很水。」我問。「應該是啊，十六歲就被訂下來了。」阿嬤

我和阿嬤。

阿公和阿嬤。

說，一臉的笑意，一臉的溫柔。「你不是會彈鋼琴，來，彈給阿嬤唱。」我彈起鋼琴，阿嬤說，「不是啦，你彈成『透早就出門，天色漸漸光』，那是〈農村曲〉啦，憨囝仔。」

阿嬤很好客，大學時曾帶朋友回鄉下。她看到我帶朋友來，高興得不得了。「來坐，進來坐。」我幫阿嬤招呼H和她的男朋友。老家的客廳很少用了，除了一張供桌外，就幾張椅子，外面幾隻雞閒閒地踱著步。我喜歡看屋頂的橫梁，上面刻畫著富貴牡丹，雖然色澤早褪去，但我愛想像幾十年前，師傅們站在梯子上，一筆一畫地裝飾這天花板。

「坐啊。」阿嬤招呼我們，我看到H的男朋友瞄了一下椅子，那眼神很快，我順著他的眼光看去，了解了他嫌椅子髒。「我們去外面走走。」H攬著男友說，我揮揮手說我會在這等他們。阿嬤買飲料回來，看不到客人，我說他們出去走走了。我指指天花板說：「我好喜歡這些花朵，真正水。」阿嬤瞇著眼睛，說太高了，她看不到。

要出國讀書的前一天，我回鄉下看阿嬤，她非常捨不得我一個人要到那麼遠的地方。「你老爸真正是無心肝，把你送到那麼遠的地方。」阿嬤憤恨地抱怨。我抱抱她說：「不會啦，一趟飛機就到了，我也會常回來。」

阿嬤如往常，煮了一桌好菜給我吃，天色漸漸暗了，我說得回家了，還要打包。阿嬤拉起我的手問：「今天住鄉下，好不好？」我說明天的飛機是早班，怕趕不上，阿嬤沒有再堅持。而這個沒有堅持，成了我永遠的遺憾。

下了交流道，就要到教室了，停好車看看還有一些時間，我按下播放鍵，再聽一次〈無言花〉。在這個下雨的午後，讓我再想一次阿嬤。阿嬤的名字有個蕋字，同蕊音，為花苞。她真如一朵花般的美麗，散發出無比的溫柔及無限的愛。而我對她的思念，化成一朵朵含苞的花朵。在雨天裡，靜靜的綻放，靜靜的美麗。

阿嬤的肉鬆

阿嬤，您一定要笑我了，這樣簡單的事都不會。您也不能怪我啊，在美國沒有拜拜過，所以就請您多包涵了！您在妹妹的夢中跟她說想吃肉鬆。妹妹問爸爸這有什麼特別意思，您也知道爸爸最不迷信了，他回答她說那只是一個夢。妹妹問我，我說可能阿嬤想我們，還是阿嬤在地下餓了，希望我們請在鄉下的叔叔嬸嬸幫我們拜拜，也有可能阿嬤沒有錢了。

我打電話問媽媽，她說叔叔嬸嬸們都有按節日拜拜，要我們不要擔心。她想了想說：「這樣好了，你就在美國拜拜。我教你，擺碗飯，盛些肉鬆，和阿嬤說些話，就可以了。」

我很吃驚，吃驚信基督教的媽媽會有這樣的主意，這樣好的主意。阿嬤，雖然您的大媳婦是基督徒，您有時候會念一念，但這並沒有影響您疼愛我們的心。小時候看您拜拜，要神明祖先保佑我們，然後帶我拜，我都不知道說什麼，就聽您的。每次回國，都會回鄉下去看您，您會帶我去廟裡拜拜，保佑我平安。聽您祈求，就覺得心安。其實看到您就覺得安心了。

您去世之後那一年，我幾乎每天夢到您，那時候常常是哭著醒來。一年後，夢裡的情節才改善了一點，變得比較快樂。夢中回到鄉下老家，走進門，看到您在廚房煮東西，然後我們坐下來一起吃。我已經好久沒有夢到您了，真是令我難過，不是我不想您啊。

就快過年了，在美國也不能怎麼過年。上次在中國城買了一塊年糕，照您的做法，把年糕切小塊，裹著麵粉下去炸，那香味馬上把我帶回鄉下。我迫不及待地咬了一口，一咬下去，眼淚也就掉下來，那些年糕也就沒有吃成了。我告訴妹妹，她說那就是為什麼她都不買這些東西的原因。

阿嬤和我。

阿嬤，有年五月我任教的學校開了春季音樂會。管弦樂團在音樂會上拉了一首歌叫〈Spring Breeze〉，我還在想會不會是您最愛的〈望春風〉，結果真的是！我一面聽，一面跟著唱了起來，您最愛這首歌了。後來，台灣有一個歌手把它翻唱成藍調，聽了就比較不會難過，而且可以跟著唱。想您的時候，我就放來聽。

我想白飯和肉鬆可能不夠，所以還多買了橘子呢，也可以拜，實在有些簡陋，但是，阿嬤，我相信您了解我的心意。肉鬆是妹妹買的，希望合您口味。我沒有香可以拿，我閉眼合掌。

要說什麼呢？「阿嬤，今天準備這些給您拜拜，我很想您……」

淚已成河。

爸爸的一千零一夜

專校畢業後，我用一年的時間來準備托福考試及申請美國大學事宜。那一年，每天早上「空中英語教室」的主題曲就是起床號，而在一旁督導我的人就是爸爸。六點整，他會把收音機開到最大，然後打開我的房門說：「Good morning，起床聽英文了！」

其實從我有記憶開始，爸爸手上總是一本英文書，收音機總是設定在英文台。他年輕時考取公費留學，全都是靠這般苦讀而來，在拿到美國的碩士學位回國後，就一直鼓勵我出國讀書，看看更寬闊的世界。

一天晚上我們父女在書房讀書，我讀我的托福，他看他的英文雜誌。當他讀到艾奎諾夫人代夫從政的故事，只聽到他喃喃地念著：「Cin- de-re-lla, Cinderella.」我說：「喔，我知道了，他們把艾奎諾夫人比喻成灰姑娘，對不對？她就像現代灰姑娘一樣，從一位受害者的身分搖身一變，變為一國總統。灰姑娘啊，你知道吧，就是那個有名的童話故事。」

爸爸放下手上的書說：「我小時候沒有你所謂的兒童讀物，記得那個時候作業簿寫完了，沒錢買新的，只好把用過的作業簿一頁頁地擦乾淨，再從頭寫起。童話故事對我來說，太奢侈了。」

連灰姑娘都不知道的爸爸卻買了很多的兒童讀物給我和妹妹，從小我們就有看不完的故事書。當爸爸在美國讀書時，有一次去迪士尼樂園玩，寄了一張明信片回來，明信片上是三隻小豬和大野狼在迪士尼樂園城堡前的合照。爸爸寫著：「三隻小豬和牠們的朋友大野狼。」我和妹妹讀了之後，心想他一定是在開玩笑，怎麼把大野狼說成是小豬的朋友呢？

現在我才知道，原來爸爸真的不知道。

童年，對爸爸來說是一段辛苦的日子，他多希望明天一覺醒來，就是可以扛起家計的男子漢；而童年對我來說，是一場無憂的夢，只願不要太快醒來。我依稀看見瘦小的爸爸，在昏黃的燈下急急地用橡皮擦，把寫滿的作業簿一頁頁地擦乾淨，好寫下一個功課。想到此，我的眼眶不禁微微地濕潤了。我說：「來，爸爸，讓我告訴你灰姑娘的故事。很久很久以前，有一個很漂亮的女孩叫仙度瑞拉……」

爸爸和我。這張照片曾刊載在國語日報上，標題為〈我會騎馬了〉。

讀冊

早上起來，走到客廳，落地窗映出藍天白雲，遠山寫意地勾勒出線條。爸媽早已出門，忙著去運動或赴早餐約會。看他們在月曆上的備忘錄：南下墾丁，同學會，ＫＴＶ唱歌，喝下午茶，上課（跳舞課、音樂欣賞課）……兩個六七十歲的老人，過得比誰都充實。廚房裡有咖啡餘香，想是爸爸已經泡了來喝。我把咖啡放進機器，按了開關，機器噗哧地冒出熱氣，一時，咖啡香瀰漫了冬天的早晨。

書桌上工整地擺著《賈伯斯傳》英文版，旁邊一本英文字典，一把尺和筆。我看這排場，有些感動。對我來說，這排場再熟悉不過了。

打從我小時候有印象開始，戴著眼鏡的爸爸常捧著一本書，旁邊的收音機總是開著，播放的是英文節目，書桌上擺著一本正在看的精裝本英文書或雜誌，翻開的頁面畫有重點和眉批。他的筆跡蒼勁有力，對還小的我看來只覺潦草不堪。書櫃裡則有好幾本英文字典，胖的、瘦的、泛黃的、新買的。不懂英文好奇的我，一一把英文字母的形狀對照，才驚覺這些書都有同樣的名字：Dictionary。

會識字後，不只開始讀書櫃上的書，還注意到牆上的掛簾，直式的，四個大字：「獨占鰲頭」。我問媽媽什麼是鰲頭，媽媽說是一種龍。「可以吃嗎？」我問，媽媽笑答鰲龍不能吃，獨占鰲頭是第一名的意思。她摸摸我的頭說，爸爸考試第一名，人家送來恭喜爸爸的。爸爸很愛讀書，叔叔、姑姑們常告訴我爸爸怎麼激勵他們讀書，他自己又是怎麼以身作則。

有一個堂叔說他小時候最討厭爸爸。那時他寄住在叔公家，每次考試考不好時，叔公就要他跪在曾祖父的靈位前好好反省，然後把家族裡最會讀書的哥哥，就是我爸爸，拿出來當模範。

「你看看你哥哥，窮人家的小孩，哪有錢補習，一個人自修，從師範學校畢業還可以考上大學。我們村裡第一個考上大學的就是你哥哥，多風光啊！我們還放鞭炮呢。你看你這個成績……」堂叔每次跪在那裡，心裡沒有反省，只一味地埋怨爸爸，書幹嘛讀得那麼好？

其實，爸爸常說他的資質不是最聰明，他可以做到的就是自己努力。一些叔叔伯伯們知道我是爸爸的女兒，告訴我他們對爸爸的印象，就是捧著書讀著。爸爸不靠背景，因為他也沒有背景可靠，只靠自己，全靠自己。做了幾年事後，想再進修，他便去考了托福和公費留學，他的托福字彙是滿分，而公費考試則是他那一科系的第一名，所以有「獨占鰲頭」的掛簾。

從英文字典到掛簾，到桌上這一本《賈伯斯傳》，我敬畏地坐下來，也看起這書。看到翻開的頁面上爸爸用立可貼貼著，上面寫著：「獅子老師，早。這兩句話你和妹妹看看怎麼翻譯比較好。」我笑了。

日本自助行，和爸爸在日本公車上（二〇一〇年）。

想起妹妹前一陣子告訴我，她很擔心爸爸，因為他沒有再聽「空中英文教室」了，我說爸爸也用功了一輩子，夠了吧。她不放心地說，可是他是爸爸，他不會不聽英文的。我把妹妹的隱憂轉達給爸爸，他說現在退休了，想慢慢來，讀想看的書，看報紙，他還是有在研讀英文，只是想照自己的步調。我問他要不要學中文打字，他趕忙說不要找他麻煩。

我打開電腦，上網呼叫妹妹，她來到電腦前，也拿出她的《賈伯斯傳》。我們一起打開同一頁，大聲讀出內容，一起想著要怎麼翻譯才會順。「爸爸也在讀這本書？」妹妹問，我說對，雖然讀得很慢，但他很認真，電腦螢幕裡的妹妹開心地笑了，說我們趕快來翻譯吧。

一本書，兩台電腦，兩個姊妹，研究英文翻譯的同時，也在想著學海無涯。我們何其有幸有鰲龍當頭，何其有幸啊！

老太陽的願望

爸爸走路非常快，常常我們走著，他已經在很遠的地方。有時候媽媽會故意停下來，看他會不會注意到她沒有跟上來。我們都叫他「救火隊長」。有次和爸爸走著，發現他不見了，回頭就看到他站在路邊，我過去看發生什麼事，原來有人在賣玩具，小水盆裡有隻小青蛙蹬著腿，一下一下地游著；旁邊還有隻玩具狗，汪汪叫了後，還會後滾翻。一堆小朋友圍在那裡看得不亦樂乎。

「哈哈，你看，小狗會翻身耶。」爸爸說，我說要買給他，他搖搖手說不用，但眼睛沒有離開過那小狗。我們又看了好一會兒才走開，爸爸臉上浮現好大一個笑容。

突然想起，爸爸的童年是沒有玩具的。身為六個弟弟和一個妹妹的老大哥，他以身作則，督促弟妹讀書，家裡很貧窮，最大的開銷往往是學費。他開學時只希望阿公會記得給他錢註冊，後來他會賺錢獨當一面了，便負責起家用。大學他考上外文系，但基於出路的考量，他轉到商學系。那真是爸爸想要的嗎？若他可以有自己的選擇，他會選什麼系？畢業後他有了一份穩定的工作，也有了我們。

爸爸給我們的，總是富足的，從來沒有不夠。雖然我和妹妹小時候沒什麼玩具，但從不覺得童年過得不快樂。我們住的公司宿舍裡有很多玩伴，還有表姊們給的二手玩具。我們也有很多書，爸爸只要出差，就會帶一些新的書回來給我們。

我們上國中以後，爸爸考量我們上學不要離家太遠，把房子買在學校附近。我學鋼琴，妹妹學畫畫，爸爸從來沒有說過第二句話，只要我們需要的，他都盡量給。五專時我得再副修一種樂器，選了豎笛。他咬牙也買了新的樂器給我，一支新的豎笛要三萬元（民國七十一年）。記得那是個下雨天，我們只有一件雨衣，爸爸說：「把豎笛包好，不要淋到雨了。」

我到了美國讀大學時才學開車，爸爸買了新的車子給我，他卻一直到六十幾歲退休後，才買了一輛喜美小車給自己。每次生日問他喜歡什麼，他的回答幾十年來都一樣：「一張卡片就好，我什麼都有了。」爸爸的禮物最難買，也保證你買了一定會被念。

後來，走在路上，只要看到賣玩具的，尤其是會跑會跳的玩具小狗，一定得停下，爸爸也不讓我們買，就只是站著看，跟著小朋友們一起笑，然後，若無其事地走開。

有一年，爸爸和媽媽去瑞士玩，帶回來一個好可愛的小皮靴紀念品，裡面插了幾支色筆。我拿起來看，說好可愛，爸爸一手接過去說，「這是我的，」我問可以拿來畫嗎？他說不可以，就直接把它放進玻璃櫃裡了。

爸爸經過它時，會很專心地看看小皮靴裡的色筆。他不會畫畫，但又買了這套色筆，買的可是他不曾有過的童年及童年應有的色彩？當他看著它，總有一股滿足的神情，我們都覺得可愛，也不再胡鬧要拿來畫畫了。

去年我們搬家，整理了些書和東西要給人，爸爸準備了一箱子舊書要給同事，同事正要離開時，爸爸叫住他說：「我想你的小兒子會喜歡這個小東西。」我一看，是那個小皮靴和色筆！我一驚，想把它拿回來，媽媽看到了也跑過來，但爸爸已經把它塞進箱子裡。電梯來了，同事揮揮手向我們道謝，就走了。

我們急急問爸爸，「你不是很喜歡小皮靴的，怎麼給人了？」他沒有看我們，繼續打包，說：「小東西啊，不用留。」我和媽媽都很訝異，雖然它不過是個小東西，但它的意義不只是這樣。

搬到新家，我們重新開箱布置。正在整理時，只見玻璃櫃裡已經有東西擺上去了，我一看，是小皮靴色筆！我問怎麼來的，難不成爸爸去要了回來？爸爸皺眉說我怎麼會這樣想。「我有兩套啊。」他神色自若地說。

原來如此，我和媽媽聽了，都放心了不少。而我也決定了，下次再看到翻滾的小狗，一定要買隻來給爸爸，雖然一定會被他念，但，又何妨？

爸爸的小皮靴色筆。

再來一顆蘋果

晚上上完課，正要走去搭捷運，手機響起，是爸爸。我問他好不好，他說好，不像往常，他沒有馬上掛電話，因為爸爸是少言的人，尤其在電話上面，可以精簡盡量精簡。在嘈雜的大馬路上，我聽不大清楚，他欲言又止地問我禮拜二有沒有課，我說得看行事曆才知道，他很堅持要我馬上查。

我耳朵夾著手機，邊找書包裡的小本子，一個不小心東西掉了出來，問爸爸到底有什麼事，他支支吾吾不願意說，只是要我趕快找行事曆。車水馬龍，收訊又不好，找不到小本子，我失去了耐心，提高了音量要他直接講。他猶豫了一下子，說那天他要開刀住院，本來是排下個月，所以媽媽照原計畫出國去了，結果醫院剛打電話來說要提前開刀，因為是全身麻醉的手術，需要家人陪伴在側。「所以，那天你可以來嗎？」

一下子，周遭的聲音都不見了。我說，「可以，當然可以！為什麼不早說？我有課也會調開的。」爸爸說他可以自己來的事，絕對不會打擾我，我對剛才失去耐心感到非常愧疚。老一輩的人要表達情感本來就難，他說不出口，一定有原因，我就是不夠細心。我說我一定會在，不要擔心。

找到了行事曆，我馬上取消了那天的課，也了解了一下開刀的行程。爸爸一再保證只是小刀，但為何要住院四天之久。他聳聳肩說醫生就是這樣告訴他的，也特別交代我，既然我可以陪他，就不要特別告訴媽媽，反正她回來，他也開完刀了。

但我告訴了美國的妹妹，老二就是比較貼心，一天到晚打電話回來撒嬌問候。爸爸微微怪我小題大作，不過看得出他頗開心。沒辦法，撒嬌這事，我和媽媽都不擅長，就妹妹會，而且是渾然天成。

到了手術日，爸爸已經提前一天住院檢查，排早上的第二刀。我到了醫院陪爸爸，他精神很好，讀著我帶來的報紙，問我喝咖啡了沒。爸爸和我是喝咖啡的好朋友，只要有好咖啡，我們一定與對方分享，倒是一次在冷凍庫找到一包咖啡，問他怎麼放在這。他不好意思地笑說本來要私藏的，卻被我找到了，只好分享。我告訴他早上泡了新鮮研磨的義大利式咖啡，很香。他皺皺眉頭說，不要引起他的咖啡癮。

爸爸的病房景觀很好，可以看到總統府和台北賓館，兩三層樓高的建築物，很容易想像古老台北城的樣子。護士進來，說可以準備開刀了，爸爸換好醫院的袍子，坐上輪椅就出發了。進到手術房等候區，護士說我可以再待一會兒。爸爸躺著休息，護士發現點滴有些不順，過來調整，她打了一針到爸爸手臂上的軟針裡。一推針，爸爸跳了一下。

我心一揪，問他是不是會痛，護士說都會這樣。我告訴她慢慢推，慢慢來。在醫護人員眼中很普通的痛，在家屬看來，只要可以避免，都希望避免啊。

我站在病床旁，爸爸笑著對我說，「我念給你聽。」我低下身，把耳朵湊過去。「『平凡的人，及時行樂；超凡的人，及時修行。』我要做個修行的人。」他說完後，眨眨眼說天花板上的海報寫的。

我抬頭一看，看到天花板上貼滿了海報，我們都笑了。我也念了一行：「愛是永久忍耐，又有恩慈，愛是永不止息。」他笑答，「這是聖經上的話，你媽媽常唸在口中的。」

不一會兒，兩個穿綠衣的醫生過來，說輪到爸爸了。爸爸伸出手來與我握握，我也捏捏他的手，他對我笑笑，我說我會等在外面。到了家屬等候區，看到了電視螢幕顯示病人開刀的進度（後來爸爸問我，螢幕上是播放開刀的情況嗎？我說才不是，那豈不嚇死人了）。等了一下才看到爸爸的名字，「等候中」。我便拿出筆電上網，打發時間。

說不擔心是騙人的，雖然醫生說這是小刀，不要擔心，但看自己的家人進手術室，又是全身麻醉，一顆心就懸在空中，如掛在牆壁上的電視訊息，等候中。在線上看到了好朋友小藍，她說早上為我們禱告了，我謝謝她。她說老闆最近一直找她麻煩，我說等候區裡的人都是拿平板電腦，讓我的筆電看來很遜。

螢幕上終於顯示手術進行中。看看時間，快中午了，我覺得好餓，但不敢走開。小藍要我快去買吃的，勸我不要再猶豫了。我謝謝她陪我一段，她說不用客氣。闔上電腦，馬上到地下室買麵包，再衝回來，螢幕上還是手術中，我放心地吃起麵包。吃完後，血糖補充了，很是滿足。看看手錶，驚覺這刀不知不覺中已經開了近兩個小時！

我開始胡思亂想，這時妹妹打電話來，我們聊了一下，我叫她不要擔心。窗邊的風景是模糊的，原來下雨了。路上的行人打起傘，十字路口的燈號由綠變紅，由紅轉綠……忽地，有人叫我，回頭一看是好友小雅。

「你怎麼來了？」我吃驚地問，她說公司就在附近，那天我打電話取消她的鋼琴課，她問我原因，安慰我醫生都說是小刀，就不要想太多。後來，她想不管多小的事，對家人來說都是大事，那我一定是擔心的，所以她趁午休的空檔來為我打打氣。

這時候，恢復室的門打開，醫生叫了爸爸的名字，我趕快跑了過去，他們推爸爸出手術房，開完刀了。「你叫叫他。麻藥剛退，可能不會回答你。」爸爸，爸爸，我叫，他笑了，眼睛還睜不開，他手伸出被子，對我揮一揮。我眼睛一熱，握住他的手。醫生叫我回去等，爸爸會在恢復室休息，等清醒了，就可以回病房了。

我謝謝小雅，說她來得正是時候，爸爸看來不錯。她很為我高興，俏皮地說她生來就是幸運星，所以她一定要來，為我帶來好運。她走了後，媽媽及時趕到，她一下飛機就趕過來了。不一會兒，護士推爸爸回病房，我們趕緊跟在一旁，我說：「爸爸，媽媽也來了。」他伸出雙手握住我們，緊緊的。

不到幾天，爸爸恢復得很好，提早出院。一回到家洗了澡，清清爽爽的，直說還是家裡好。等我上完課，他邀我一起去買水果。他走得很快，已經恢復了颱風亂走族的魄力，我小跑步跟上。

在水果攤前，他開始我聽了千百遍的蔬果論：蔬菜裡第一名是花椰菜，但今年被番薯擠下冠軍；香蕉很好，補鉀質，要多吃；橘子太貴，等下去別的地方買；媽媽喜歡吃釋迦，所以要買一個；蘋果……我接下去說，「蘋果很好，An apple a day, keep the doctor away.」他笑了說，「這個有趣，那麼，再來一顆蘋果。」

媽，抱一下

十一月的台北，秋高氣爽，萬里無雲，走在巷子裡，有蒜香藤的淺紫，也有雞蛋花的素白。我在餐廳門口等媽媽，要一起吃午餐。記得小時候台南家的院子種了蒜香藤，一開花，就是這樣一大串一大串紫色的喇叭花，垂吊在紅色的大門旁。這樣的窄巷和攀藤開花的花牆，總讓我時空交錯。在巷口的一頭看到媽媽了，正朝我走來。她腳步輕盈，如跳芭蕾舞的女孩，在她身上看不出歲月的痕跡。她走到我身邊，我們抱了抱，走進餐廳。

想不起來從什麼時候起我們見面會擁抱。一九八八年我先到美國讀書，次年妹妹也來了，如上天的安排，過了一年，爸爸也因工作的關係調來了美國，一家人又在美國團圓了。漸漸地，家人相處的方式西化了。電話裡頭，要掛上前會說：「Have a nice day.」會說：「Love you.」在機場見面，我們會擁抱。剛開始，爸媽不習慣，會草草抱一下了事，但後來，也習慣了。

我們坐下點餐後，媽媽拿出一張卡片和一疊照片，「妹妹寄來的。」我頭湊過去一起看。妹妹剛從紐約搬到加州了。

親愛的爸媽：

紐約現在已經很冷了。看洋基球賽時，都會特別注意看觀眾穿什麼衣服。每次看見他們穿羽毛太空衣，就會覺得自己好幸福。在這陽光普照的加州，我有時一走就是兩個小時。沿著海港走，看渡輪的旅客，有的從歐洲來，有的從南美洲來，看他們興奮的下船要開始觀光，總是新鮮的。希望你們有一天也可以來跟我一起走。但現在，我總是想著你們，不管走到哪裡，都帶著你們跟我一起同行。

照片上的妹妹容光煥發，美麗動人，後面的海洋湛藍明亮，海鳥飛翔。

妹妹和她的小狗泰勒。

媽媽和我一張張照片看著，有妹妹在農夫市場選水果，有她在咖啡廳喝咖啡，更有她在海邊散步。媽媽指著照片上妹妹肩膀上的一個傷口說，「我看到這個，心就會揪一下。」真是母女連心，我要說我也是，但我一張口，就哽咽了。媽媽抱了抱我。

※※※

那是妹妹做治療時裝的人工血管的傷口。記得妹妹裝那個血管時，媽媽也在一旁，媽媽說那醫生還問妹妹要聽什麼音樂。整個過程不算長，這個裝置可以省掉以後治療打針的麻煩。不過，在沒有使用這條血管之前，得要小心換紗布，清潔傷口。妹妹出院回家休養時，這清潔的工作就臨到媽媽身上。護士一步步地教媽媽換紗布，她學得很認真。

媽媽告訴我，她很緊張，害怕會做不好。我說她可以的。後來她們回醫院複診，媽媽看護士幫妹妹換傷口，馬上打電話告訴我說，護士換得沒有她仔細。

有那麼一個晚上，媽媽不能抱我。那時妹妹住院，媽媽在醫院陪她。我等課排開了，也到紐約去看妹妹。結果，很巧的，我到的時候，媽媽感冒了，怕傳染給妹妹，她趕緊離開醫院，暫住在朋友家，剛好我去換班，便一起吃晚飯。

紐約的十一月很冷。我到之後，先去看妹妹。她雖然疲倦了些，但精神不錯，護士鼓勵她要起來多走路。我先為她叫了晚餐，再去和媽媽聚聚。走出醫院，風吹過來。這麼冷，難怪媽媽會生病。

我們約在轉角的中國餐廳，媽媽已經到了。我從外面的窗戶看到她，向她揮手，她要我趕快進去。進到餐廳，要過去抱媽媽，媽媽一個手勢要我不要靠她太近。

「你不要被我傳染了。」她摀著手帕說。我在她對面坐下，她要我多點些菜，多吃些。「你要吃好一點，才有體力照顧妹妹。」我說好。我們叫了小籠包、炒青菜和西湖牛肉羹。

菜來了，我們禱告，此時，沒有什麼比神的話語更能安慰鼓勵我們。媽媽吃得不多，沒啥胃口，但她希望我多吃。「醫生說多休息，也拿藥了。再兩天，我就會好了。」我要她好好休息。我已經在這裡了，她可以放心。

吃完後，媽媽要我趕快回醫院去。我們走到轉角處，我向前要擁抱她時，她退了一步笑笑說，「我去搭公車了，你不要著涼了。」我說好。她轉身走向公車站。在夜色裡看著媽媽走遠，突然覺得好冷，好想哭。我告訴自己，很快的，很快的，我們就可以擁抱了。

※※※

菜來了，我們把照片收好，媽媽說，「來，我們來禱告。」我抱抱媽媽，想著照片上妹妹無敵的笑容，知道這一切都是神的恩典。我們低頭，為著滿滿的幸福與恩寵，感謝神。

橘子

二月天，和黛南下去看她的妹妹倩，把朋友席琳也找出來一起吃飯。倩住的地方是古舊的宿舍，一進到宿舍的圍牆內，有如來到了世外桃源，映入眼簾的是不可思議的綠意，竹林和鳳凰木開出一條條的小徑。倩帶我們散步，隨處走走，快到中午時間，她建議去買些菜回來煮，回到宿舍，我問有什麼可以幫忙的，黛說：「你不是會做飯嗎？你來煮好了。我妹妹動作比較慢，等她煮好，我們都餓扁了。」我一時之間「廚」袍加身，只好硬著頭皮下廚去了。

不一會兒工夫，席琳到了，飯也煮好了，黛和倩把飯菜擺好，招呼她上桌。「獅子煮的。」席琳吃驚問不是要出去吃嗎？我擦擦汗說被指派下廚，請大家多多包涵。一開動，她們倒是很捧場，一條魚吃得只剩下魚皮。席琳筷子夾過來問：「有人要吃魚皮嗎？」我筷子也伸過去說：「我也要。」很少遇到愛吃魚皮的人，有人搶更覺得好吃。

飯後大家整理桌面，倩拿出一袋橘子，席琳問我要不要吃，我說好。黛坐過來，我們聊起剛才看到一大群的白鷺鷥從天而降，如白雪般，美極了。我伸手要去拿橘子的時候，看到橘子已經如變魔術般地剝好了，赤裸裸地放在小盤子上。我問席琳是她幫我剝的嗎？她說：「對啊，你不是要吃嗎？」

這麼多水果裡，我是喜歡吃橘子的，但我不大會剝，每次剝，右手大拇指一定會受傷。可能是使的力氣太大，以致橘子皮嵌入了指甲裡。很多年以後，我才發現可以試試讓左手來剝橘子，也從來沒有想過請別人幫我剝，所以每次要吃橘子，都會猶豫很久。

看著這顆為我剝好的橘子，卻想到甘蔗，阿嬤的甘蔗。也是如變魔術般的出現在小小的我面前，只要我開口，或也不用開口向阿嬤要，她便已切好。所以，一直以為甘蔗是這樣吃的：一小段甘蔗，切成手指的長度，再從中切下兩刀變成四小根甘蔗。後來看到菜市場賣的甘蔗是砍成如手臂長度的圓柱形，才知道阿嬤為了孫子，花了多少心血，那絕對是寵愛。雖然爸爸並不贊成阿嬤什麼都為我們做得好好的。

記得小時候吃飯時，妹妹總愛吃和桌上不一樣的飯菜。大家吃飯，她就要吃麵；大家吃麵，她就要吃粥；每次阿嬤聽到妹妹的請求，就馬上離桌去準備，爸爸則會阻止她，任妹妹哭鬧。

「孩子不能這麼寵。」爸爸堅持。「你們有什麼事要自己來。」長大後，爸爸最常這樣對我們說。「爸媽不能給你們什麼財富，但可以給你們教育和獨立的能力。」送我們出國時，他再次告訴我們。

有那麼一次，我讓爸爸失望了。那年準備出國留學，我考托福，準備入學的錄音帶和種種資料，而爸爸幫我找大學，填寫申請表格，最後鎖定三家美國州立大學的音樂系，請了一位鋼琴教授幫我寫推薦信。

爸爸把表格拿給教授，教授看了看，要我在一處簽名，爸爸拿出筆給我，這時教授說話了：「你不要什麼都幫她做得好好的，要訓練她獨立啊，她就要出國了，要自己來。」我正要接過爸爸的筆，他卻把筆收了回去。「你自己來。」爸爸低聲說，我趕緊把筆從書包裡找出來，趕快簽名。

而出國後，一切都是自己來。比起爸爸當時出國讀書的狀況，我運氣好多了，從來沒有缺過錢用，也拿到獎學金。爸爸說，「賺美金，很好。」我也從來沒有缺過課，更好。每上一堂課，就是賺到了。

什麼都自己來，可以自己做的事，不麻煩別人，而這個橘子，麻煩了席琳，我怔怔地看著它。「獅子，你不是要吃嗎？」席琳問，她也為黛和倩剝好了。「謝謝你為我剝橘子。」我說。席琳說不客氣啊，黛說只是一顆橘子，怎麼這麼感動？

我想小時候阿嬤幫我切好甘蔗，我有沒有說謝謝？二十歲時爸爸為我準備申請留學的事宜，我有沒有說謝謝？這個剝好的橘子不只是一個橘子，它代表了一切我不應得的福氣，而又那麼幸運地都讓我得到了。

我慎重地剝下一瓣送入口中。「甜不甜？」席琳問。「甜，很甜。」我答。

台北陽明山公園（一九七二年）。

媽媽的眼睛

這是一張老舊的照片，照片因年代久遠而泛黃，裡頭的兩個小女孩頭碰頭相依偎地對著鏡頭微笑。背景是一個中國式的涼亭，時間應該是冬季，因為女孩們都穿著厚重的大衣，又是圍巾又是毛線帽的。前面的女孩頭髮短得像小男孩一般，依在後面的小女孩矮了一個頭，兩頰圓圓胖胖的，非常可愛。那就是我和妹妹。

我完全不記得拍照的過程或細節了，但我很記得妹妹頭上戴的那頂毛線帽。綠色的毛線從頭頂一路編織下來，到了帽子的邊緣巧妙地成了波浪，戴起來煞是可愛。不戴的時候，則可以當成掌中戲布偶娃娃玩。那頂帽子一買來，我們爭先恐後地搶著要戴要玩。為了這頂帽子，我們幾乎天天吵架。看著照片，是妹妹戴著它，想必那天我搶輸了。

照片的背後，媽媽娟秀的字跡提了日期，還有一首詩：

稚子何知離情淚？
猶展笑靨待親回！

原來，那是民國六十二年，爸爸要出國讀書之際，我們全家到新公園（今二二八公園）玩的照片。這照片我極珍愛，出國讀書工作，搬過幾次家，都沒有離開過我。現在搬回台灣，琴房也設在這裡，那照片更是鎮家之寶，我又擺了出來。爸媽看了，覺得有趣。

今年四月妹妹回台灣時，看到家裡這張照片，她一直搖頭。我問想不到自己小時候那麼可愛嗎？她說，才不是這樣的。「我們一定要找一天去新公園拍同樣的照片雪恥。」雪恥？我不懂。她指著照片說：「你看，那個時候你比我高，現在我可是比你高出許多。這張照片一定要更新啊。」我大笑，這照片擺了這麼多年，我從來沒有注意到我們的身高。想一想，也對，小時候我曾經比她高，妹妹後來居上，到國小五年級，就高過我了。

或許，當妹妹的從一出生就有一個比她高壯的假想敵，一直以為畫畫會比不過姊姊，英文會讀不贏姊姊，想不到有一天，輕而易舉地，妹妹不只後來居上，還更上一層樓。而姊姊只能摸摸鼻子安慰自己說，沒關係，曾經啊曾經，我比她高，不管如何，她還是得叫我一聲姊姊。

一天，我們真找了時間帶相機跑了一趟新公園。那天很悶熱，走到那裡都快熱昏了。我們四處找涼亭，才發現一共有三座，「是哪一座呢？」我打電話問媽媽，她說已經不記得了，重點是妹妹要證明她現在已經比我高了，哪一座涼亭都可以。

掛上電話，我們把舊照片拿出來，一一比對周遭的風景，後來決定應該是最高

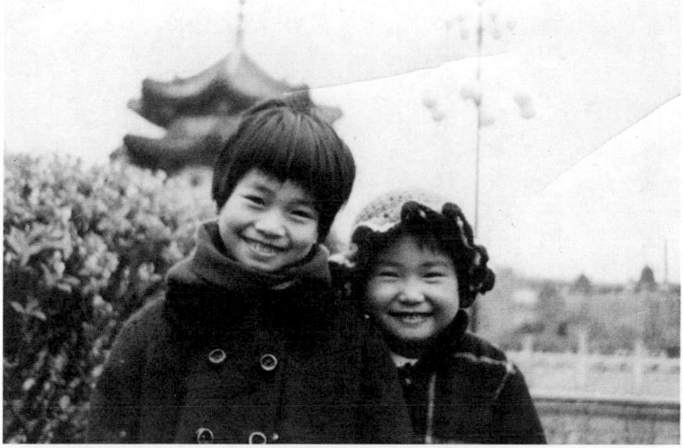

台北新公園（今二二八公園）。

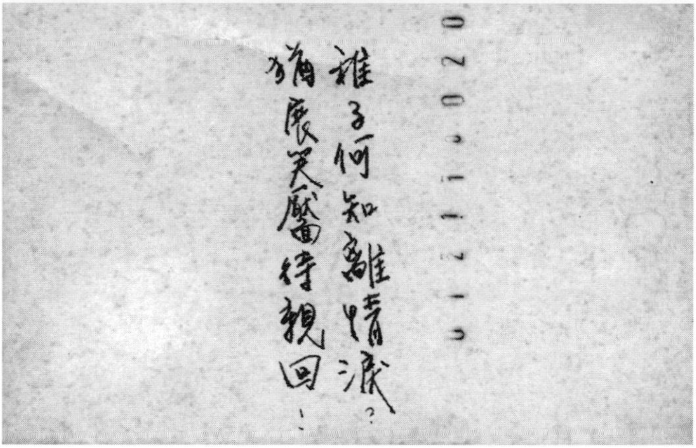

爸爸要出國讀書前，媽媽在照片背後題的字。

的那座涼亭。找到後，妹妹先照了一張我的照片取景。我們看了照片，只有一個心得：歲月不饒人。

妹妹要我站好，她去找人來幫我們拍。她看到一個年輕男子正要走上橋，她追過去，一直叫他，「先生，先生，請幫忙。」那位先生沒有停下腳步，反而越走越快。妹妹只好跑去追他，他看到妹妹追過來，有點兒被嚇到，很生氣地用英文大聲說：「我是日本人，聽不懂中文。」妹妹連忙道歉，而我站在大太陽下已經快中暑了。

我也去找涼亭裡乘涼的夫妻，太太要先生去幫我們照相，先生很高興被選上，走下台階來。我們這時才看到先生的手受過傷，所以擺動得不是很自然。我想，這樣會不會影響到照相的品質，但已經騎虎難下。我們很快站好，他也很盡職地幫我們照了兩三張照片。我們謝謝他，照片如我們所料，都很模糊。

我們再接再厲，找了一對年輕的男女朋友，女的一聽我們要照相，似乎鬆了一口氣似地叫男的幫我們拍，她說聲再見，就快步走開了。男的很急，想去追她，他接過相機，匆匆地拍了一張照片，就把相機還我們，跑去追那女的了。我們看看照片，更糟！完全沒有定焦。想不到一趟路來，要懷舊，要找昔日的影子，卻沒有一張照片可以看。妹妹把相機收好說：「唉，事與願違。我們就算了吧。」

回到家中，我把在公園拍的失敗照片拿出來和舊照片相比，總覺得舊照片的人物和背景取得恰當合宜，而新照片的取景怎麼看怎麼不對勁。我研究了許久，電光石火之間，我知道了答案。這中間最大的不同是媽媽，是照相的那個人。

那個時候我們還小，個子也不高，媽媽若是站著照我們，我們看起來會很小，因為她是從上往下照。但，她看出去的鏡頭主角不是涼亭或尖塔，而是我和妹妹，那要怎麼做，我們看起來才不會太小？她得蹲了下來與我們同高，才有辦法把我們放在照片的中心，只有和我們一樣高的時候，我們看起來才不會太小。所以，媽媽是蹲著照相的！

原來是這樣！因此相片裡，我們占了全景的三分之二，比例剛好。在媽媽的眼裡，我們是主角，她看到的就是我們。要是她站著照相，比例一定不對，所以，媽媽就蹲下來為我們照相。

看著照片，想著當時照相的媽媽，她一定很捨不得爸爸要出國了，捨不得這兩個童稚的小女兒的童年裡將只有媽媽，沒有爸爸；她眼裡看到的是我們，也是她自己。

我告訴媽媽我的發現，她笑笑沒有說什麼，對她來說，媽媽為孩子做過的事比蹲下來照相多出太多，所以，我的發現對她來說不算什麼大事。

對我來說，這舊照片卻有了新的意義。它提醒著我，我曾經那麼小，而媽媽曾經那麼高大，現在，媽媽為了保護膝蓋不大走樓梯，更不可能再蹲下來照相了。

但，這張照片說明了一切——在媽媽的眼裡，我們是她永遠的寶貝。

我們是媽媽永遠的寶貝。

紐約夜未眠

「我關燈了喔。」我說，爸媽說好，已經躺在他們的床上了。我關了燈，走到另外一張床，倚著妹妹躺下。落地窗外是紐約的夜景，警車鳴聲忽遠忽近地傳來，儘管燈都關了，在十七樓高的公寓裡，還是有亮光。

爸爸打了一個呵欠，說：「來，老大，說故事給我們聽，你的記性最好了。」媽媽說：「啊，你們小時候，我們沒有多的房間，都是四個人睡一張床的。你們那時候小，床上一邊塞一個就夠睡了。」我其實不大有印象了。倒是記得上小學後，就和妹妹有自己的房間。媽媽說：「對的，那時買了第一棟房子，就有房間給你和妹妹。」妹妹說：「不要問我，我什麼都不記得。」大家都笑了。

這一間公寓是和別人分租的，還滿方便的，這樣妹妹從紐澤西來紐約市做治療的時候就可以住這裡。雖然說紐約和紐澤西的距離不遠，但遇上塞車時段，也要兩個小時才會到，對開車的人造成很大的不便，對病人更是體力上的負擔。

這公寓在林肯中心附近，到醫院只要十分鐘，坐計程車不到八塊美金。我趁暑假時去紐約看他們。到的那一天，紐約下雨了，淋著雨走了十二條街才到公寓。一打開門，看到他們三人，頓時好像回到了過去住台北的時候，補完托福，坐公車回家，上電梯，門一打開，爸爸妹妹在聽英文，媽媽在改考卷。我站在門口，愣了一下，才回過神來。

爸媽那天去法拉盛買了一些好吃的午餐給我，有米粉和便當。吃完後，休息了一下，就陪妹妹去醫院換藥。到了醫院，在電梯裡看到一位護士很眼熟，我大聲地叫她的名字：「Julie！」她沒有理我，妹妹拉拉我的衣角，我不死心，又說：「Juliette？」她也沒有看我，我終於說：「嗨，你好。我不記得你的名字，不過我記得你有照顧過我妹妹。」

她看看我們，說：「喔，對，你們好嗎？」寒暄完，我打破砂鍋問到底：「請問你的名字是？」她說：「Megan。」出了電梯後，妹妹說：「拜託你，差這麼多。是Megan，才不是什麼Julie。好丟臉。請你不要這樣半路認人。」

妹妹躺在我旁邊，她也想到今天這件糗事，就先笑了說：「喔，今天姊姊出了一件很糗的事。」她告訴爸爸媽媽，他們都大笑。我的記憶一向都很好的，也很篤定那護士叫Julie。妹妹說，其實我們和Megan是同一樓層要出電梯的，但太丟臉了，妹妹又多坐了一層樓才出電梯。

我說，那天才想到一件小時候的趣事。爸爸叫我說來聽聽。

小時候，大概六歲吧，每次在客廳玩的時候，媽媽就會從後面廚房叫我，被叫了很多次後，我就不耐煩了。心想，以後她再叫我，就裝作沒聽到，試過幾次後，還滿好用的。媽媽聽到這問我都做什麼事，我說應該是家事吧。她說我才六歲，不可能叫我做家事的。大家又笑成一團。爸爸說，好了，聽老大說。

我繼續回憶，後來有一次媽媽就帶我去醫院，我覺得奇怪，為什麼要帶我去醫院，我又沒生病。那醫生是耳鼻喉科醫生，媽媽對他說：「這孩子的耳朵好像有問題，每次叫她，她都沒有回答我。」我心一驚！原來是這樣。

醫生聽完媽媽的話，就來檢查我的耳朵了。我很乖，也很合作。他在我右耳拍手，我舉右手，不敢亂舉。醫生說這孩子聽力沒有問題，我也學到了一課，以後媽媽叫我，要馬上回答，而且要馬上跑到她身邊。我說畢，爸爸媽媽已經笑得喘不過氣來。爸爸說：「啊，使詐的小孩。你六歲就會使詐，喔，太好笑了。」媽媽也笑：「都不記得有這樣的事了……」妹妹在一旁搖頭。

我也記得小時候，爸爸都騎腳踏車載我上幼稚園，這可能是我最早的記憶吧，下課時就等爸爸來接我。爸爸很高，我那時就認那個瘦瘦高高的身影。「爸爸，記得不？你都愛騎馬路電線杆和水溝之間的小空隙？我坐在後面看那麼窄的路，都覺得好害怕。」媽媽聽了說，怎麼做那麼危險的事？要是你們都掉到水溝裡怎麼辦？爸爸笑說他都忘了。

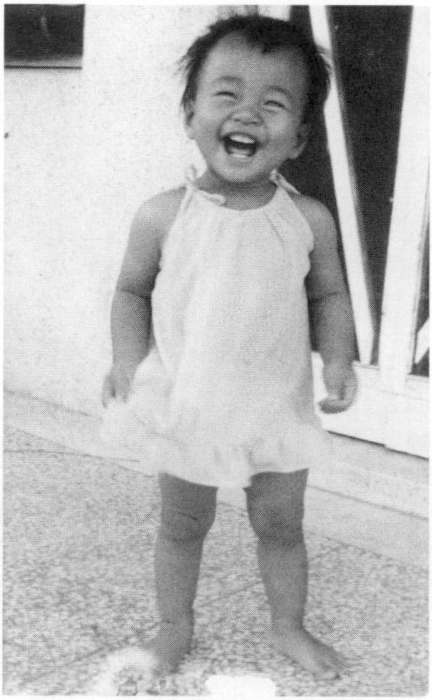

我一直是個快樂的孩子。

北德州大學畢業照。背面題「給妹 愛 姊」送給妹妹（一九九一年）。此張照片是特地請妹妹提供。

有一次爸爸來接我時遲到，到了幼稚園，找不到我，急死了。原來，天才的我等不到爸爸，就自己走回家了。我想我認得路的，快走到家時，爸爸也騎著腳踏車飛奔過來，找到了我。「那時真的好著急，以為孩子不見了！」爸爸說。

不過最經典的幼稚園故事，還是妹妹。去上幼稚園第一天，媽媽和我送她去上學，要走時，她哭得肝腸寸斷，我們都擔心她會不適應。放學回到家，只聽她說：「午餐甜點紅豆湯好好吃，還想吃第二碗。」妹妹說，現在想起來，還是覺得很好吃。我們又大笑，笑得床都在震動。這時卻沒有聽到爸爸媽媽的聲音，原來他們已經睡著了。

妹妹握住我的手，親親我的臉頰說：「愛你，好高興你來。晚安。」我抱抱她說：「我也愛你。好好睡。」

我在黑暗中看著她清秀的臉龐，聽著爸爸媽媽此起彼落的呼吸聲。我告訴自己，永遠永遠，都不要忘記這一刻。

流蘇就這麼地開滿了夜空

晚上教完最後一個學生，媽媽問我要不要出去散散步。我說好，套件薄外套，便出門了。「我帶你去看流蘇。」媽媽牽著我的手，興奮地說。我問流蘇長什麼樣子，媽媽說和苦楝花很像，苦楝花又是長什麼樣子，她耐心地解說起來。

從小媽媽就常帶我們到公園寫生，花花草草的世界，她一一為我介紹，「這是含羞草，你看，碰了葉子會闔起來；這是玫瑰，你們聞聞看，很香，這是九重葛，看這顏色多鮮豔。」我們在大樹下找了陰影處，她幫我們把畫架擺好，任我和妹妹塗鴉，而她則坐在一旁看起書來。

所以，我知道蒜香藤和紫丁香的不同，也明白牡丹和芍藥哪裡不一樣，更了解了阿勃勒和黃色風鈴花有何差異。有一年爸媽因為工作搬到了洛杉磯，冬天我去看他們，在到處都是冷冰冰的寒冬，加州有山有海，更有許多藍花楹樹。當藍花楹開起串串的紫色小花時，整個街道落英繽紛，漂亮極了。當我和媽媽散步在紫色步道上，讚嘆這美得不像真的景象時，更捨不得踏上柔軟的花瓣。媽媽說：「你聽，一踩它們就發出啵的聲音，它們的心碎了。」

我們走到二二八公園，月亮升起，媽媽笑問我：「考你，那個是上弦月還是下弦月？」我看看天空，一刀細細的月亮秀氣地掛在天邊，像躺著般，我想了想答「上弦月！」媽媽得意地笑了說：「答對了。」她突然拉緊我的手，急急走向前，「你看，流蘇！」在淡淡的月色下，園外的台北車水馬龍，園內像世外桃源，與世隔絕地真的開了一樹流蘇，如盛大的慶典。走過的人們輕聲地讚嘆，都拿起照相機捕捉這稍縱即逝的美。

流蘇的花細細碎碎的，一串串一串串地開滿了夜空。媽媽撿起了一小朵花，

「你看，流蘇的花瓣是四片，而苦楝是五片，花蕊是紫色的，下次看到你要小心認喔。」我們在樹旁的長凳上坐下，看著花賞著月。我想起最近讀到的一句話，「不要想你失去多少，要想你擁有多少。」告訴媽媽後，自己反而笑了起來，覺得這話也太教條。媽媽急急說，一點都不教條，一點都不的。

她看著花說，「那時在醫院陪妹妹時，我們晚上都會禱告，謝謝神給我們這麼好的醫院，這麼好的醫生和醫療團隊，讓妹妹快快好起來。我們不想我們失去什麼，我們感謝我們擁有什麼。」她停了一下，握了握我的手，「所以，這話一點也不教條。」我倚著媽媽的肩，沒有說話，眼淚卻滿溢了。

記得一個遙遠的中秋，也是我們三個人，媽媽、我及妹妹，就是從醫院的窗口看中秋的月。我們互祝中秋節快樂，吃了月餅。長長久久，要健康快樂。現在，我們在這看流蘇，看月亮，安心地知道在太平洋的一端，我們的小公主妹妹在遠方加州的海邊，或許正和她那隻叫泰勒的拉布拉多犬在沙灘上散步呢。妹妹說泰勒只能一天餵兩次，因為小狗不知道節制，你給牠食物牠就吃，即使已經飽了，

妹妹和小狗泰勒。在加州聖地牙哥。

也會繼續吃。「姊，你不覺得小狗和我小時候很像嗎？」她說。

我轉述和妹妹的對話，我們大笑。路人側眼看我們，我們一點也不在意，因為啊，因為，我們擁有好多好多，有盛開的流蘇，有如笑臉的上弦月，還有許許多多，感謝也感謝不完。

而流蘇就這麼地開滿了夜空。

新竹動物園（一九七五年）。

不變的是……

從忠孝敦化站搭上板南線到火車站，坐高鐵南下找太陽。台北的冬天比起美東的酷寒其實是算不了什麼的，不用擔心下雪造成的不便，但對台北沒有停歇過的陰雨及一片灰撲撲的天空，再怎麼樂觀進取的人總要投降。看著學生小欣聯絡簿上記載著小奏鳴曲的進度，成長般的從第一樂章、第二樂章到了第三樂章，她也記載著上課那天的天氣，畫著不變的雨天、雨天、雨天。

爸媽先南下找太陽，在桌上留下紙條：「熱水已經裝在溫水瓶裡，可泡茶用。離開時不要忘了關窗戶。」爸爸的筆跡，蒼勁有力，如一棵松樹。入冬後，上課喝的果汁換成了熱茶，爸爸總不忘為我準備熱水。他做事非常有效率，「我的每一個動作都是有意義的。」他常這樣說。

他也常傳授我們坐公車及捷運的祕招，從家裡到火車站可搭的公車有好幾路，他可以如背誦唐詩般的一一念出，「263、307、212……」只見我和媽媽拿出紙筆要記下，「這幾個號碼怎麼會記不住？奇怪。」他會說。

所以，有時候為了逞強，想爸爸一個七十歲的人都可以記住這幾路公車，有什麼難的，就沒有抄下了。當然，吃虧的絕對是自己。當公車以迅雷不及掩耳的速度來到時，記憶趕不上公車，司機火急地問要不要上車，沒有把握的我搖搖頭，看著遠去的公車，只好再打電話問爸爸一次。

坐捷運到火車站，更是一門學問。他可以精準地告訴你，搭南勢角線要坐最前面一個車廂才能比較快走到高鐵轉乘站，若搭板南線則不一樣。坐高鐵回台北則是盡量坐第九車廂，剛好可以接上捷運線，不用走太遠。不只如此，在捷運站附近他更可以馬上找出乘電梯的地方。

到了高雄，爸媽已經開車在車站等我了。在這裡，果然找到了太陽，我們決定往國道八十八號國境之南出發。爸爸一直到三十四歲去美國讀書時才學會開車，然後用十五美元向同學買了輛舊車。車子地板有洞，可以看到路面。他一輛破車玩遍美西，也因此開展了視野，畢業後車子就送給了同學。

但他不准我和妹妹開車，連摩托車也不准我們騎，覺得太危險，直到我到美國後才學開車。雖然爸爸自己開十五美元的車，卻買了全新的車子給我。想來，爸媽好像一直都是如此，給自己的都是最簡單省錢的，而給女兒用的，總是最新、最好的。

爸媽是人生的好伴侶，一輩子走來互相扶持，有再多的困難，咬一咬牙也都走了過來。開車時更是夢幻雙人組，兩人在美西從洛杉磯開到拉斯維加斯，在美東則從紐約開到尼加拉瀑布，路線再怎麼變化，媽媽都可以看地圖，找出替代路線，比ＧＰＳ還厲害。

媽媽指著路邊的農產物一一介紹，長形的葉子露出雪白的小肚子是洋蔥，短一點的葉子保護的果實是鳳梨。路邊大葉欖仁的闊葉落在地上成了片片的豔紅，指引我們通往南方。「那是什麼樹？」媽媽問，「木麻黃。」「很好，那是什麼果樹？」「嗯，不知道。」「芒果，只是還沒有開花結果。那是什麼花？」「嗯，這個我知道，不過忘了，什麼丹的。」「三個字，仙丹花。」媽媽什麼都懂，小時候看著媽媽，心想長大了就會有媽媽的知識了，長大後才知道不是這樣的。

一下子，如盤古開天闢地，海出現在我們的右方。太陽不吝嗇地灑著黃金雨，給予了大海湛藍的顏色。藍、淺藍、靚藍、紫藍、深藍，不同的藍有著不同的美，加在一起，更是豐富了海和天。

我們停在路邊「三個傻瓜」咖啡館，在乾草鋪成的屋頂下，我們坐下休息。太陽曬得乾草也有太陽的味道，和著咖啡和海風一飲而盡，發呆放空，在此當個傻瓜也是應該。老闆過來招呼我們，聽說晚上可以觀看滿天的星星。爸爸問咖啡館開到什麼時候，老闆說半夜兩三點，我們問什麼人會待到兩三點。老闆笑答：

「情侶啊。」

離開了「三個傻瓜」，我們繼續行程。「我們去『寂寞公路』！」爸爸提議，這聽來好浪漫。路上沒有什麼車子，爸爸開得有些猛。我問是不是累了，要不要我開，爸爸說：「你不要擔心啦，我開得很好，只不過煞車有些急了，坐不舒服了，是不是？你要對我有信心，這樣我開車，你才會放心啊。」

我聽了沒有說話，因為爸爸說得沒錯，但也不盡然全對。我擔心爸爸，不是擔心他開得不好，而是怕他累，也不忍心他累，但或許我要換手的要求，對駕駛的人聽來反而像是抱怨，我便不再提了。

寂寞公路，真的比較寂寞，沒有恆春市區的車潮，簡單的雙線道一來一往，過往的車子時速都不快，好似也都為這難得的「寂寞」而慢了下來。我們停在一個可愛的旅館，媽媽說後面的海邊很漂亮，可以去看看。下了車，發現這裡一點也不寂寞。度假的人們帶著小朋友，如爸爸媽媽帶著我，嘻嘻哈哈地隨著人工河來到海邊，我們都為著沒有預期的美景驚喜地叫了出來。

高大的椰子樹隨著海風沙沙地搖擺著，岩岸的海浪潮起潮落，三兩遊客踩在石頭上認真地尋找著小魚或小蝦，我們坐下欣賞這美麗的意外。想著台北陰雨綿綿，這裡卻是陽光普照，真不公平啊。媽媽看看手錶說，快日落了，就等看夕陽吧。果然，太陽已經不再刺眼，慢慢地它變成一個橙紅色的火球緩緩落下。椰子樹上的小鳥如歌唱般鳴叫著，在林間跳躍著，好像在提醒我們，我們一離開這伊甸園，美麗帶不走。

天色漸漸暗了，我們打道回府，問爸爸要不要我接手開車。這次問得比較有技巧，因為天色暗，怕他路看不清楚。爸爸聽出我的關心，要我放心。不知為什麼，可能天黑了，也可能車子比較多，感覺上速度比較慢，路也比較彎曲，明明是早上開來的路，卻好像是另外一條路線。

我注意到幾次車子有些偏離車道，不是很明顯。媽媽問要不要我接手，爸爸

爸爸媽媽結婚照。

全家福。那天節奏樂隊班有演出，所以我穿著制服（一九七一年）。

終於說好。我們在加油站交替，我開上路，爸爸在後座，很關心地提醒我後有來車，注意左邊的快車，要看前後車子的距離，要小心別人超車。媽媽說：「你還不是一樣？你開車時，老大要你小心，你覺得她不信任你。現在她開車，你還不是一樣不放心？」爸爸說他只是幫我注意路況。

我笑了。可不是？要完全放心，是不可能的吧。我不是不信任爸爸開車，我是擔心他，怕他累，但我一直提醒他這個那個，他聽在耳裡卻覺得我不信任他開車；但現在我接手了，他提醒我要小心，我知道那不是不信任我開車，而是擔心。如我擔心他一樣，完全一樣。

到家了，我停好車，爸爸謝謝我開車，我也謝謝他開車。我說：「爸爸，其實你開得很好的。」爸爸笑說：「謝謝啦，你開得才好。」

有些事是永遠不會變的，如我愛他們，他們愛我一樣。如天上的月亮，海上的星星，永遠，不會變。

午夜牛肉麵

中午時段，走過一家麵店，看到招牌上南洋牛肉麵的照片，這麵看起來很好吃的樣子，沒有多想，就進了店叫了一碗。沒多久，麵送上來，哇，好一碗誘人的麵！金黃的色澤，椰汁和高湯融在一起，切得細薄的牛肉置於麵上，撒上青蔥，伴以透明的豆芽菜。我用筷子攪拌了一下，先夾起牛肉再把豆芽菜堆上，送入口中，濃郁的牛肉到了胃，散布到了全身。

這碗麵讓我想起了午夜牛肉麵。這午夜牛肉麵，遠在德州，遠在二十年前。

那時我和妹妹在德州讀書，妹妹是個很好學的學生，要找她，去圖書館就對

讀研究所時，爸媽和妹妹來看我
（德州休士頓大學，一九九二年）。

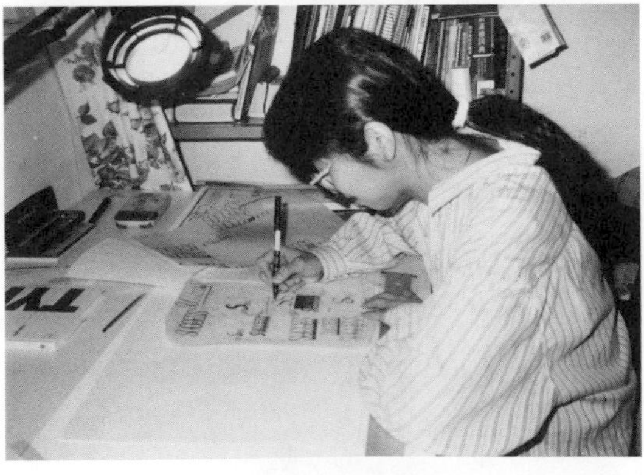

好學的妹妹。

了，而我都在琴房，通常我練完琴，去圖書館接她，在偌大的圖書室裡要找她很容易，因為沒有剩下多少人。她看到我，總很吃驚已經是又要離開的時候了，我指指牆上的鐘，她點點頭。我常想要是我沒有去接她，她可能會整夜待在圖書館也說不定。

「餓了。」妹妹說，我把車開到珍珠餐廳，看到餐廳還亮著燈，很感謝地推門而入。「咦，你們怎麼來了？」原來妹妹美術史的同學賽門在這打工。賽門招呼我們，看了菜單，很快地為我們姊妹點了沙茶牛肉麵後，便過來和我們聊天。他問妹妹考試考得怎樣，妹妹說還好。賽門沉不住氣說了自己的分數，「我得B。」他擺明了要妹妹也翻牌，妹妹喝了口茶，說：「我得A。」

麵來了，「哇！」我們驚呼。麵盛在比我們的頭還大的碗裡，「吃得完嗎？」賽門挑釁地問。我們說等著瞧，沒問題的。碗裡的牛肉切得細薄，撒上蔥花，一幅幸福的圖畫。一口湯汁喝下，滿滿的牛肉味和著沙茶味，這不曉得是哪裡的料理，但在近午夜，吃起這一大碗的牛肉麵，非常滿足。

後來，賽門約妹妹一起讀書，我想他要打敗妹妹，我警告妹妹。她笑說就一起讀書，考得好就考得好，她不在意成績，但求全力以赴。想起以前在台灣補托福也是如此，她認真的精神，讓我嘆為觀止。

那時，我五專畢業後，準備出國事宜，報了補習班補托福，一個禮拜六天的課，再加上週末的模擬考試，到了禮拜天只想休息。補習班禮拜天也排了課，通常是留學生講習之類的課，請留美學人分享留學的甘苦談。我想等我出國開始生活了，就會知道了，不用聽這些講習，就自動放假。

誰知兩年後，換妹妹補托福了，這小妮子認真到禮拜天的講習也參加。爸爸很高興地說兩年後補習班也進步了，現在還提供這麼好的課外輔導，真好。妹妹沒好氣地說以前就有了，是姊姊蹺課的。禮拜天全家要出去吃飯，得等妹妹上完留學講習她才肯一起去。爸爸總會問，為何姊妹倆差這麼多？

後來，晚上去圖書館找妹妹，我們直奔珍珠餐廳吃麵。通常車一停好，進到裡面，賽門會說已經在煮麵了，然後會問妹妹考試的成績。可憐的賽門，沒有一次考贏妹妹。我才見識到，這看似溫柔的妹妹，考起試來的狠勁。有一次，正要開去珍珠餐廳，她阻止我，說今天賽門考不好，還是去別的地方吃消夜好了。

那一大碗牛肉麵，現在想起來，我們每次都吃光光，很給老闆面子。練了一天琴的我和讀了一天書的妹妹，最需要的不過是那碗麵，及彼此的陪伴。吃完走出餐廳，也半夜了，轉個彎就到了住處，我們互道晚安，妹妹設定了三個鬧鐘叫我起床好叫她起床。一天又過去了。

不知不覺中，我把眼前的南洋牛肉麵也吃完，摸摸鼓脹的肚子，走出餐廳，人來人往的路上，我步履蹣跚，因為吃得很飽。想不到一碗麵如儲思盆，讓我回到了德州，重享和妹妹吃麵的快樂時光，等她下次回台灣，一定要帶她來這兒吃麵。

看她還記不記得那碗幸福的牛肉麵，和那立志要贏她的賽門，還有那天一亮就要出門讀書的傻勁？記不記得？記不記得？

駛進雨裡

天未亮我已經在車上，時鐘顯示著四點半，我打了個呵欠，踩緊了油門，開上高速公路要去機場。清晨的公路上沒什麼車流，傍山的公路，還是漆黑一片，倒像是夜晚。我開起收音機，一時流瀉於小小空間的是俏皮的輕爵士：鋼琴、長笛和薩克斯風玩耍般地交纏著，編織出一幅又夜又黎明的圖畫，流露出如咖啡般香醇的樂聲。

天邊上弦月的影子漸漸淡了，天際開始亮了起來，不顯眼的，不經意的。收音機電台的音樂也不知何時變為新聞時間，戰爭、油價、總統大選一一甦醒般地又開始轟炸這世界。公路上的車子越來越多，太陽才露面，但很快地又沒入雲裡，看來會下雨。

進了機場，等候在登機門。我一向喜歡匹茲堡的機場，明亮乾淨又舒適。我拿出要看的書，調整好姿勢，打開第一頁讀了起來。一個孤單的攝影師，開著一輛破舊的小貨車，尋找著遮棚橋。他希望有一隻黃金獵犬相伴，他要把牠命名為「公路」。而她是一個孤單的靈魂，生活在愛荷華州，守著一個家，一個農場和一個已經遺忘的遙遠夢想。

當他們一起吃了頓安靜的晚餐，而夜晚中唯一的聲音是收音機裡傳來的歌聲時，我聽到廣播，得登機了。我把書收一收，若柏和芬西絲卡得等等，才能再繼續纏綿。這次旅行帶了這本《麥迪遜之橋》，又重讀了一次。我的中文本是好友Gina的，她在書中用不同的筆畫線，時而螢光筆，時而原子筆，我讀不下去，只好去買了英文本來讀。她聽我抱怨，非常生氣，要我把書還她。但那天在雨中，開山路到學院的時候，看著路旁的小溪流，忽然想起書裡的一個句子：「吻成一條河」，想把它找出來再讀一次，看是怎樣的吻，可以吻成一條河？

我踏上飛機，要去看妹妹，好不容易一個學期過去，總算放暑假了。匹茲堡到紐澤西，幸好不太遠，飛行時間只要一個小時。飛機在紐華克機場降落，我看著窗外，竟然下起雨了。從機場搭地鐵到Secacus車站再轉火車，看了看時刻表，要等上四十分鐘才有車。在風雨交加的午後，肚子餓了，我到處逛逛，看到偌大的大廳旁有小店，謝天謝地讓我找到泡麵。我加了熱水也就完成了一餐，這時聽到了車站播放的音樂，是ABBA的歌聲。啊，陳年往事的ABBA。

妹妹十五歲時愛極了ABBA，記得她每晚讀書放的就是他們的音樂，我也聽得熟了，才知道原來我喜歡的一首歌叫：〈The Winner Takes It All〉，略帶悲傷的旋律，當時只覺得好聽，現在聽了歌詞，才知道其實那是首令人傷心的歌。

那時妹妹在我練琴時，她會過來把我的門帶上，接著我就會聽到ABBA的歌聲從她房間傳來。吃著泡麵，我彷彿看到妹妹清湯掛麵的年少歲月。吃完麵，我走到外面等火車，雨下得更大了。我打了個噴嚏，天氣變冷了，把風衣拉緊，縮起脖子，雨打在鞋上。我拿出書來，繼續讀著。

妹妹大三時轉學德州美術系。我們在同一所大學念書。

當白蛾飛動的時候，他們一起捕捉了光與影，坐在小貨車裡抽菸，回顧了過去的夢想和現在的生活，小心地看進對方的眼睛裡；而當飛蛾撲向燈光，當田裡的玉米在夏夜裡無聲地成長，他們愛上了。他吻向她，她回吻，長長的，柔軟的，吻成一條河。He kissed her, and she kissed back, long time soft kissing, a river of it. 吻成一條河。我看著雨水一直落下，雨水在腳邊形成一條水痕，流向另一方。是什麼樣的吻，可以融化這世界？

他終要離開，古老的黃昏和遙遠的音樂總有到盡頭的一天。在這短短幾天的相聚，他們創造了一個永恆。在雨天中，他開著小貨車離去，而她的車竟開在他的後面。To be or not to be, oh, God, help me. 她告訴自己，沒有跟他走的決定是對的，是對的……他開走了，開走了，永遠離開了她。而她就這樣停了下來，守著她的家，放棄了她的夢想及愛。我闔上書望著雨，想著吻成一條河的吻，想著愛荷華的玉米田，飛舞的白蛾及雨中的告別，在這雨天裡，覺得心酸。

火車終於來到，乘客們在雨中踏入車廂，地上一片片水漬，我打了個冷顫，希望來接我的妹妹不要被雨淋到。從Secacus到妹妹家要七站，我數著站牌：Rutherford、Garfield、Plaudenville、Broadway、Radburn、Glen Rock，就下一站了。我興奮地坐了起來，望向窗外，雖然窗戶被雨水蒙上一層霧氣，也阻擋不了我的興致。

到站了！我起身把背包背好，準備下車。待車停妥，撐起傘，我走出車廂。雨開始攻擊傘，發出巨大的聲響，我一邊走一邊希望妹妹已經到了。一抬頭，看到妹妹笑吟吟地向我走來，我被她的美麗愣住了，在陰雨天中她散發出一股光彩，把濕冷都驅走。她走向我，我們擁抱，原來我是這麼地想她。

我們走向車子，她問我餓不餓，我說剛吃了泡麵，接著我開始如小朋友般和她訴說起我的一天。她微笑，知道姊姊就是這樣愛說話，不過她沒有阻止我的意思，她開動了車子，我繼續說。

我們就這樣駛進雨裡。

一秒的問候

六月的台北早上十點已經很熱了，我頂著大太陽走進錄音室大樓。出版社為我安排了幾個通告，我從來沒有上過廣播節目，覺得很新鮮。進了電台辦公室，幾個主持人過來跟我打招呼，告訴我一些事宜後，他們各自走開了。我四處看看，原來錄音室是這個樣子。主持人S先生進來拿書，他自我介紹後，低頭找東西，喝了一口水，不經意地問：「你妹妹是什麼病？」我愣住了，一時之間反射動作地說出了那個我痛恨的癌症。他說了聲「哦」，就開門就走出去了。

我發現有什麼搖晃了起來，是我自己？還是冷氣太強了？我拉拉身上的毛衣，希望自己不要顫抖。我有沒有聽錯？他問完問題，只說了聲「哦」。那個癌症病名後面，妹妹經歷了多少苦，多少次身心交瘁的治療及無眠的夜晚。

有幾次打電話給妹妹，聽得出來她剛哭過，可是她沒有提，她毫無異樣地問我好不好，聊完家常後，我掛上電話痛哭。妹妹不舒服或是受苦了，她都不讓我知道，所以我也沒有問。

對S先生而言，妹妹是個陌生人。我對他而言，也只是個上通告的人，沒有什麼特別。只是，要問這樣一個問題的時候，是不是要有些仁慈在裡面？一個「哦」的回答，是不是太無禮？還是我太敏感？我平息自己，拿起桌上自己的書翻了起來，不由自主地翻到妹妹為我寫的序。記得四月時我向妹妹邀稿，她一口答應。後來，我三不五時問她寫好了沒，她一直好脾氣地說等她有時間，後來，她被我問煩了，說她寫好了會告訴我。

有一天，她打電話問我需要多少字數，我說一千字左右吧，過了不久，她傳簡訊過來，那簡訊我還留著：「Houston, we have a problem. I only have 500 words, need

妹妹為我的書寫序。

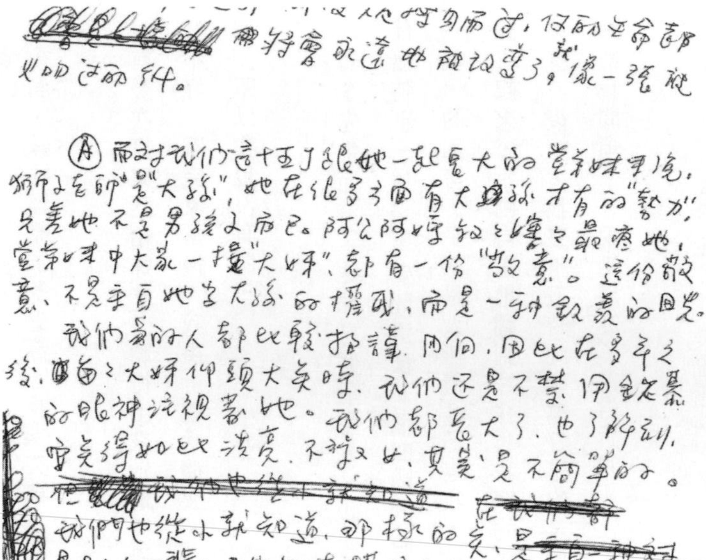
……你說過的話，你的生命都將會永遠地被改變了，就像一張被火吻過的紙。

Ⓐ 而對我們這十五個跟她一起長大的堂兄妹來說，外孫子孫都是"大孫"，她在很多方面有大孫才有的"勢力"，只差她不是男孩子而已。阿公阿婆叔叔嬸嬸最疼她，堂兄弟姊妹中大家一提"大姊"，都有一份"敬意"。這份敬意，不是來自她是大孫的權威，而是一種欽羨的目光。

我們家的人都比較拘謹內向，因此在多年之後，當大姊仰頭大笑時，我們還是不禁用欽羨的眼神注視著她。我們都長大了，也了解到，要笑得如此流暢、不拘小節，其實是不簡單的。

我們也從小就知道，那樣的笑，是別人一輩子也無法模仿而來的東西。＋Ⓑ

to『give birth』to 500 more.」（休士頓，我們有麻煩了，我只寫了五百字，得再『生』五百字出來。）我看了大笑。那晚我就收到手稿了，真的是手稿，妹妹寫在紙上後，掃描成圖片檔案傳過來，我再幫她重打。

後來，我才知道，妹妹那天回醫院做預防性化療。她一面做化療，一面為我寫序。「這沒有什麼啊，化療一下就做完了，而且我寫序也可以殺時間。我算算有九百字，你就饒了我吧！」

我讀著妹妹的手稿，她藝術家漂亮的筆跡傳來陣陣的溫暖與力量，告訴我：姊姊，我好以你為榮。此刻，在這冰冷的錄音室裡，我再讀一次妹妹的文章，漸漸地冷靜下來。妹妹，我更以你為榮。當主持人們準備好要開始採訪，我也準備好了。

我想起徐玫怡的一個故事，她寫在《從這島，到那島》書裡的一篇〈斷指少年和白內障父親〉。她在捷運上看到一對父子，聽他們的對話，興奮的語氣，好像是第一次搭捷運。徐玫怡很小心地聽他們的對話，當她看到這一對父子開始拿出飲料時，她為他們緊張，甚至替他們把風。

我不知為什麼，很為這篇文章感動。關心，有時是問，而有時，是不問。她關心，所以她不問。

在《Kitchen Table Wisdom》書裡，我也讀到Remen醫生分享的一個故事：一個女醫生得了癌症而經歷了多次化療。她一直喜歡晨跑，在晨跑時，都會遇到另外一個老醫生。在她經歷化療時，有時也去晨跑，可是就再也遇不到那位醫生了。兩年後，她完成了化療。

一天，她改了晨跑路線，竟然遇到了老醫生。她問他為何這麼久沒有遇到他。老醫生困窘地說，他不知道要對她說什麼才好。

女醫生說：「我只要你說，『我知道你一定辛苦了。』就這樣，我只需要這樣

妹妹為我的部落格畫插畫。

的問候。」

關心，有時是問，但問的背後，請有一顆溫暖的心及仁慈的眼光。一個「哦」的回答，是不夠的。我錄了通告，回答他們的種種問題，一個小時以後我走出錄音室，推門出大樓，迎接我的是台北白花花的大太陽。

手機響了，是妹妹從美國打來，我迫不及待地按接聽，台北的天空下，我們沒有距離地聊了起來。

美味人生

妹妹的綽號叫「兩碗小姐」。她五歲時，媽媽和我帶她上幼稚園，到學校，看我們要離開了，她傷心地大哭。老師揮揮手叫我們走，說小孩子都是這樣的，哭哭就沒事了。雖然這樣，但看妹妹哭得一把鼻涕一把淚的，非常不忍心，我們邊走邊回頭看她。她倚在窗邊哭得更大聲，老師乾脆過來，把她帶進教室，媽媽趁這個時候也把我拉走。我們都擔心妹妹，是不是還哭著？

下午妹妹被娃娃車載回來，媽媽和阿嬤已經等在巷口，我也放學了，大家都很掛心她，問她幼稚園好玩嗎？她一改早上大哭傷心的模樣，開心地說好好玩，明天還要去，媽媽聽了安心不少。她接下去說：「幼稚園的點心紅豆湯很好吃，吃完後，還想再吃第二碗。」原來是紅豆湯好好吃，幸好有紅豆湯。

其實，妹妹一點都不想去上幼稚園，任憑媽媽怎麼哄，她就是不去。眼看開學的日子就要到了，媽媽自有她的打算。

在一個炎熱的午後，她帶我們去買冰淇淋，就當冰淇淋要送到妹妹的手中時，媽媽在這個時刻若無其事地問她要不要去上幼稚園，妹妹看著冰淇淋，想也沒想就點點頭。媽媽把冰淇淋遞給她，她開心地吃了起來。我在一旁看了，心想，啊，這真不能怪任何人啊。

後來，她長大了，是個大學生了，我們最喜歡的「兩碗小姐」的故事也有了新的版本。

因為是台南人，搬到台北後，少有機會吃到台南小吃。一天妹妹放學回家，很興奮地告訴我們新發現。「猜猜今天在學校附近，我找到什麼？魠魠魚羹！我看到高興得不得了，一進到店裡就跟老闆說，兩碗。老闆看看我，問另外一個客人在哪裡？我不好意思地說兩碗都是我要的。」我們聽了哈哈大笑，可以想見妹妹一人享用兩碗魟魠魚羹快樂的樣子，那畫面也讓人覺得很滿足。

再來，妹妹出國讀書工作，回台灣的時候，總要回台南一趟，去看看親戚，也犒賞一下肚子。叔叔嬸嬸帶我們在國華街的巷子裡，找到了最正牌的魟魠魚羹。妹妹不貪心地只叫了一碗，我們一直慫恿她再叫一碗，「不要忘了，你是『兩碗小姐』耶。」她說怕兩碗吃下去，就吃不下別的東西了。魚羹來了，她刻不容緩地拿起湯匙，一口一口吃了起來，一點也不顧淑女的模樣，吃得嘖嘖有聲，我們一行人也看得津津有味。

看妹妹吃東西，覺得天下美味不過如此。不一會兒工夫，碗裡不見任何痕跡，乾乾淨淨。幾天前與她通電話，她告訴我最近去上了烹飪課，做了香煎牛排和香脆羅勒葉番茄沙拉，她說還滿好吃的。「不過，沒有我昨天的中餐好吃。」我問她吃了什麼，她故作神祕地要我猜，我猜不出來。

我和妹妹（一九七四年元旦）。

與妹妹在紐約（二〇〇三年）。

「粽子！」她開心地說，原來，她住的聖地牙哥附近有家台灣麵包店，前幾天去的時候，發現竟然有賣粽子，她馬上買了一個回家吃。到了家以後，用電鍋蒸，飄出來的粽葉香，讓她覺得更餓了。

「啊，你知道嗎？湯匙一挖下去的第一口，吃到肉，覺得好滿足，第二口，吃到滿滿一口軟嫩的花生，覺得人生太美好，第三口，竟然是香菇，我想我是做了什麼好事，可以有這樣的好運氣；最後一口，我想應該是沒有蛋黃，奢望這樣一顆在美國買的粽子有包蛋黃，也太強人所難了，結果，真有蛋黃！吃完那一個粽子，人生大放光明。」她滿意地嘆了一口氣說，「吃那個粽子好像在挖寶，每一口都是寶。」我大笑，說那麵包店真該叫她去做廣告。

她吃完那個粽子，馬上有了危機意識，又趕回去再買幾個。她客氣地告訴小姐要兩個，小姐告訴她喜歡的話，就多買幾個，因為這些賣完，就沒有了。「那你要幾個？」小姐問，妹妹想了一下說：「八個。」她很高興地告訴我，粽子可以放在冷凍庫裡保存一兩個月，想要犒賞自己時，就蒸一個來吃。更美好的是，妹夫對花生過敏，「所以，這就表示，那八個粽子完完全全屬於我。」她得意地說。

聽她說完代表美好人生的粽子，我肚子也餓了，趕快把冰箱裡昨天才從台南快遞送上來的粽子蒸來吃。我吃了第一口，想著妹妹說的，吃肉的滿足，第二口，美好人生的花生，還有做了好事才有的香菇獎賞；然後，重頭戲來了：大放光明的鹹鴨蛋蛋黃隆重登場。吃完後，我滿足地擦擦嘴想著，可以這樣享受一顆涵蓋人生美味的粽子，真的要問自己是做了什麼好事，得以有這樣的好運氣。

有了這樣的美味充電，還有什麼做不到的呢？人生，有了這些美味，才可稱之為人生啊。再來一顆粽子！

魔女宅急便

耐不住陰冷的天氣，和朋友們相約開車到郊區玩，雖然飄著小雨，但擋不住出遊的好心情。我對著手上的地圖和路上的指標，看到了「龍潭」兩個字，突然，一封封的限時專送飛滿天。「嘿，你們知道嗎？我讀五專時有一年每一天都會收到從龍潭寄來的限時專送，整整一年呢。」朋友起鬨，我趕忙澄清：「不，不是，不是寄給我的。」

是這樣的，讀五專時同學們大部分是外地來的住宿生，那時候沒有電子郵件或手機，要和外界聯絡，除了打電話外，就是寫信了。學校雖然為了各科系班級設有信箱，但因為沒有上鎖，往往信件不是被拆，就是不見了。同學們收不到情書，很是著急，有位同學問我可不可以幫她收一下信，因為男朋友在龍潭當兵，他們平常很難聯絡。我想沒有大礙，便答應了。

信件很準時地在我告訴朋友住址後的第三天寄達，信封上整齊地寫著同學的名字，左邊寫著龍潭鄉及男孩子的名字。棘手的是那時候爸媽因為工作的關係搬到北部去，阿公阿嬤便搬來照顧我們姊妹。阿公識字，問我是不是寄錯的。我說是同學拜託我代收的，一封而已，阿公沒有說什麼。隔天我把信拿給同學，她很高興。

誰知道龍潭的限時專送才剛暖身，有了安全的收件地點，男孩子寫得很放心，一封兩封，一下子一個月過去了。我的「魔女宅急便」又快又安全的名聲傳了出去，別的同學也開始把情書轉到了我這裡。有的同學會先告知我一聲，有的同學沒有先說一聲，就問我有沒有她們的信。我知道阿公不喜歡不認識的人寄信到家裡，搞得我也很緊張，往往一回到家，就趕忙把信收下。

龍潭小子也真有毅力，他一直寫一直寫，竟然就寫了近一年，期間我還收到一封郵局的信，問我滿不滿意郵局的服務！我常想龍潭在哪裡，他寫了什麼，他這樣寫，同學有沒有也這樣勤快地回信？我告訴同學們，家人不是很喜歡我代收信件，希望他們會聽得懂言外之意。然而，信件還是一直來一直來。我的宅急便服務，最遠從奧地利來，一位學姊寄給她妹妹。我想姊姊想念妹妹，又怕信寄到學校會不見了，我便再次送達。

有一次阿公真的生氣了，很生氣很生氣。我回到家，他鐵青著臉，把信丟給我。我想難不成阿公拆了龍潭小子的情書？我拾起來看，是團契傳福音的週報，收件人是班上同學。

「這是什麼？為什麼會寄來我們這裡？」我說一定是寄錯的。阿公說我們是拜拜的，叫他們不要亂寄。我趕忙告訴同學，請她趕快跟週報改住址。她說好，但週報還是每個禮拜寄來。每收到一次，阿公就更生氣。我只好自己打電話給週報，請他們不要再寄了，不知是郵局效率太好，還是週報效率太差，週報如期報

新竹動物園（一九七五年）。

和爸爸、阿公阿嬤在台南的家。

到。

和阿公阿嬤住，除了信件事件外，生活上還有一些衝突。我很想告訴爸爸，但在家裡打電話不方便，而在學校時，爸爸也在上班，不好聯絡。想了很久，我便寫信給爸爸，在信裡吐露我心中的不愉快。我沒有期待爸爸會回信，要是信寄到家裡，阿公一定會奇怪爸爸幹嘛寫信給我。

一天，經過學校的信箱，不知為什麼我走了過去，信箱裡幾封被打開的信可憐地敞開著，沒有任何的祕密。眼角餘光看到角落有一封信，收件人竟然寫著我的名字。我趕快拿起來仔細一看，是爸爸寫的！我不可置信緊捏著信，左看右看，信件完好無缺，沒有被打開過。我快步走到相思林裡，找了張椅子坐下，迫不及待地把信打開，讀了起來。

爸爸蒼勁的筆跡寫滿了信紙。他謝謝我照顧妹妹，謝謝我把事情告訴他。和長輩相處本來就不容易，生活習慣不一樣，要我多體諒阿公阿嬤。他們原本可以舒服地待在鄉下，現在為了照顧我們得搬到公寓，更要感謝他們才是。心中的不愉快，在看到了爸爸的信時，全部一掃而空。

我竟然收到信了！在同學們因不信任學校的傳遞系統，而把信轉寄到我家的同時，爸爸竟然把信寄到學校給我，而我也收到了！要是沒有收到爸爸的信，我會有多懊惱？要是當郵差的回報，就是為了收到爸爸的這一封信，那我很願意。

我們畢業後，台南的房子也在那一年賣掉了。不知道同學們的那些信還有沒有寄到那裡，即使寄了，我也不在那裡收信了。幾十年後，在這個冬日飄雨的公路上，看到「龍潭」這兩個字，才知道龍潭在這裡。

原來，我記憶最深的不是龍潭，而是爸爸的來信。原來，我沒有忘記，一直都沒有忘。

親情鹹酸甜

我們和六叔

每次來到這條路，我總是像個孩子，止不住一臉的驚奇直往外望，試著把兒時的記憶帶到現在，這時空的距離常讓我不知記憶裡有多少和現實相符，因為每次來，好像記得的很少，忘記的更多，我開始懷疑會不會有一天全都遺忘了。而此刻我有些慶幸車窗外是漆黑的一片，往安定鄉下的路上，什麼也看不見。

車裡媽媽和二嬸在前座聊著，妹妹靠過來說：「我告訴你，等一下你不可以哭喔，你哭我就會哭。」我笑了說，拜託，我才沒有那麼脆弱。

快二十年了，自我出國讀書後，就沒有在台灣過農曆年，近幾年我才驚覺農曆年的記憶真如塵封的箱子，久久沒有打開。在美國一忙，農曆年常錯過。小時候過年，大家都會回鄉下，後來叔叔姑姑們結婚，堂弟妹們一一出現，人數增加，全家福的氣勢一年年更龐大。阿公阿嬤常看著這麼多人回來，笑得闔不攏嘴。

老家是四合院，前面有一個大院子，聽說我小時候常光著腳丫追雞趕鵝，我不記得這些雞鵝養在哪，但我記得四合院旁有一個豬圈，有時就拿一把番薯簽來餵豬。豬圈前有一個絞番薯簽的機器，我常被警告絕不能去踩，當大人不在時，我會腳癢偷偷坐上去踩兩下。

因為我是家裡第一個孫子，每個叔叔和姑姑都曾照顧過我。六叔是最小的叔叔，大我十歲，最喜歡跟阿嬤說他要載我去買零食給我吃。拿到錢後，真的載我去柑仔店，不過那糖果他就自己吃掉大半了。

我當然不記得這些，只知道那四合院是我的天下，妹妹和其他的堂弟妹不常住鄉下，會抱怨鄉下很臭，有豬的味道，我倒從不覺得。

這些叔叔裡，我們最怕四叔，因為他很兇。四叔嗓門很大，眼睛一瞪我們，我們都嚇得做鳥獸散，他也愛逗我們，我們常被他逗哭。

二九暝，就是除夕，大家會回老家。嬸嬸們準備了好多菜和火鍋，大人一桌，小孩一桌，而我就是孩子桌的王。孩子桌吃不久，常常吃到一半就都跑光了，不是圍在大人桌也要擠一擠，就是到院子玩了。等大人都吃完，好戲就上場了——發紅包！小孩子們一列從阿公阿嬤開始拜年，鞠躬說恭喜發財，阿公阿嬤高興地發紅包。一屋子的熱鬧喜氣，天塌下來，我們不用怕，他們會為我們頂著。

二嬸說，「到了。」我回過神，車子已停在一個嶄新的工廠前。五叔的事業做得很大，幾年前還得到農委會的神農獎。今年因為妹妹要提前回美國，大家就把年夜飯提早了。她很久沒有回來，大家一看到她，都高興地前來抱她。

工廠裡的大廳已布置好，一個長桌上佳餚滿桌，兩個大火鍋已熱騰騰地煮沸冒著煙。一屋子的人，數一數有三十多人，好不熱鬧。大廳的一端設了大銀幕和麥克風，聽說等一下有卡拉ＯＫ。五叔走向前，拿起麥克風向大家問好，也謝謝大家前來。他請爸爸先說幾句話，「哥哥。」他說。不知為何，每次聽到叔叔們這樣稱呼爸爸，我都會很感動。

爸爸接過麥克風，先向五叔欠欠身，「五弟、二弟、三弟……」以前，爸爸在美國讀書，寄錄音帶回來，也是如此向大家問候。他謝謝五叔為大家設了這樣一個宴席，也謝謝大家前來一起慶祝新年，勉勵大家勤儉持家，身體健康最重要。

他說完，大家拍手。叔叔們上台，和大家說幾句話，我想該不會等一下我也要上台。我很快地想一想，這個簡單，什麼場面沒見過。我知道我要說什麼，就簡單的幾句話：「今天很高興看到大家，我童年最快樂的時光是在這裡度過的，謝謝叔叔嬸嬸和姑姑。」腦中演練完後，很放心地涮一塊牛肉。

換六叔上台，他說他是家裡最小的，因和我差不到幾歲，常得照顧我。我聽了大笑，什麼差不到幾歲，啐。「我常和卡將要幾塊錢，說是要買糖果給她孫子吃，我糖果買了，就自己先吃掉了。」大家笑了，我想那不只是我美好的回憶，也是六叔美好的糖果回憶吧。

六叔說完，大家果然起鬨，要大姊上台。我擦擦嘴，老神在在地走到前面，六叔遞給我麥克風，我說謝謝大家，很高興看到大家。台下三十多個人，都微笑地看著我。我接下去說我童年最快樂的時光是在這裡度過的，但不知怎地，我聽不到自己的聲音。

我再試一次，竟聽到一個顫抖的聲音，好像在哭的樣子。我想，不會吧，我哭了嗎？台下也安靜了下來。我再試一次，麥克風傳出來的聲音已認不出來。我竟泣不成聲，轉過身不知如何是好。

這時，有人過來把我的麥克風接了過去，我一看是妹妹！她拍拍我，轉向大家說：「今天我們在來的路上，我告訴姊姊，她不可以哭，她哭，我就會哭。」大家輕輕地笑了，她接下去說：「今天真的很開心看到大家，年紀越大，越覺得

和妹妹在台南（二〇〇一年）。

台南安定老家（二〇一二年）。

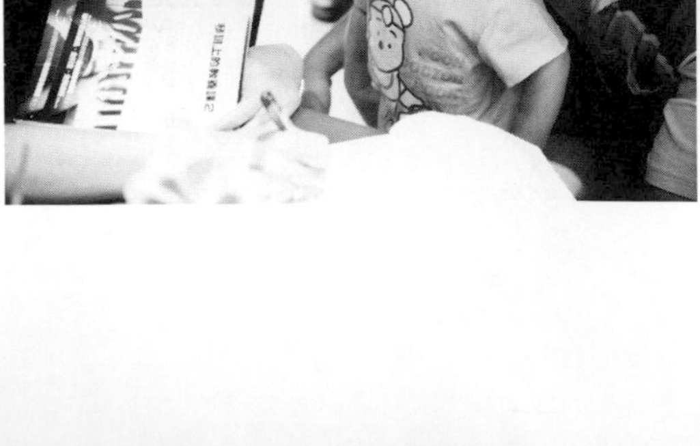

台南簽書會（二〇〇九年）。

家人的可貴。這次可以回到台灣過年，覺得很高興，祝大家新年快樂，身體健康。」她說完，大家熱烈拍手。

我站在姑姑旁邊擦眼淚，她抱抱我說：「感情這麼豐富啊！」我告訴她因為想起了阿嬤，還有過世不久的四叔。姑姑聽了，眼睛一紅，快步走開。一嬸則說我比她三歲的孫子還遜，至少她孫子幼稚園上台三十秒後才意識到有觀眾而大哭，我不到十秒就哭了，媽媽和妹妹都笑了。我問妹妹怎麼表現得那麼好，那麼鎮定，她說：「因為你哭了，我就不能哭。」

聚餐完畢，我們得去趕高鐵回台北，大家圍著照相。我們上車後，大家都出來和我們道別。車子漸駛漸遠，我離我的童年也越來越遠。再見了，阿公阿嬤，我知道他們一定很高興我們都回來過年。

我帶走我的淚水，但那個光腳丫追雞趕鵝的小女孩，就讓我把她留在這裡吧。

人在安定

清明節，我和爸爸媽媽回老家。老家在台南縣，有個很美的名字，安定，安定鄉的南安村。坐在二叔的車裡，和嬸嬸及媽媽一路複習著等會兒要見到的小侄子和侄女的名字，堂弟妹們今年為王家又添了新的成員，好不熱鬧。

二叔在台南火車站接了我們，直接開上省道回鄉下。他曾經為了省車錢，從鄉下走路到台南，這樣一趟路要走兩三個小時，現在開車只需半個小時。沿路都是工廠、空地和田地，以前常會看到稻田裡有水牛和白鷺鷥，現在這樣的情境已不復存在。

我們從省道轉進小路，直接開到五叔家，自從阿公阿嬤十年前過世後，我們稱為老家的地方已經廢棄，家庭聚會都改在五叔的工廠。我想先去老家看看，二叔就在後面的巷子放我們下來。我是在鄉下長大的，堂弟們小時候回到鄉下，說有味道，臭臭的，不喜歡回來，後來才知道因為老家的旁邊就緊鄰了豬圈，當然有味道。

媽媽帶我從側巷走到前院，這我記得。所有記憶就是從這開始的。在這院子裡我學走路，白天爸媽上班去，是阿嬤和姑姑叔叔看著我，會走路後，就追趕院子的雞和鵝，也發現赤腳的樂趣，害阿嬤總是氣急敗壞地追著我，喊著她學到的第一句國語：「鞋子，來穿鞋子。」

大門漆著已淡去的藍色，上面貼著門神，隨意用鐵絲綁上幾圈就算做到了保全。媽媽把鐵絲解開，推開門，客廳如被停格在昨日般，滿是灰塵。神龕上有阿祖、阿公阿嬤的相片及神位。我們走出客廳，旁邊的豬圈也早已成倉庫，媽媽說以前阿嬤早上都會煮番薯簽給豬吃，爸爸說不只豬吃，他們也吃番薯簽和番薯葉，現在爸爸都不碰了，吃怕了。

媽媽接著帶我到後院，她找了一下，看到了一棵瘦巴巴的樹，說：「就是這棵番石榴，以前你小時候總愛在樹下玩。」我摸著它，很難想像這棵樹還在。物換星移，它就是在。

我們沿著巷弄走回五叔的工廠，大家都到了。五嬸親切地招呼大家，她和堂弟妹們已經準備了一長桌的飯菜，還有花生粉和糖粉，沒錯，包潤餅的時候到了。大家各自拿了一或兩張潤餅皮，把愛吃的東西放進來。「不要太貪心！」媽媽在一旁提醒我，「等一下會包不起來，皮破掉就不容易吃了。」當然，不聽老人言，潤餅在我要捲時就露餡，大家都笑了。

吃完後，大家聊天，看小侄子、侄女們跑來跑去，想起我們小時候也是這樣，沒有什麼雙語幼稚園，也沒有安親班，在大人的守護下，一點一滴，我們就長大成人了。五叔說我們村裡終於蓋了圖書館，要大家捐書，他就買了兩箱我的書，要我簽名，等圖書館開幕，送給圖書館及其他的學校。堂弟把箱子搬來，我看到這麼多書，好感動。

五叔指揮他的孫子們把書拿出來，好讓我簽名，小侄子和侄女一看有事做，興奮得不得了，「我來。」侄女小玟說，侄子小鼎說：「我來我來。」眼看兩人就要吵了起來，我出面說，「大姑姑來，你們不要吵，輪流。」

他們很聽話地遞過書來，我一本本打開，小心地寫上我的名字。「獅——子——老——師。」小玟一字字地念著。小鼎聽到了問：「你是獅子老師？你不是我姑姑？你是獅子老師嗎？」姊姊小玟笑著對弟弟說：「大姑姑就是獅子老師啦。」

王家大合照（二〇一二年）。

簽了近五十本的書，手好瘦。我問小朋友們是不是都簽完了，小鼎趕忙拿了一本給我說：「獅子老師，這本還沒有簽。」我一看，是民國九十九年台南縣農委會年鑑，我大笑說：「這本不是我寫的。」

接著堂弟和表弟過來問要不要去看阿公阿嬤，我說當然要，他吆喝說要拜拜的跟他們走，大人們說早拜過了，我們晚輩一行人就出發了。靈骨塔在不遠的地方，走路不到十分鐘。我們先隨表弟去拜姑丈，他帶我們大家先在門口拜了拜，我是基督徒，就不拿香，以敬禮代替。「在這裡。」表弟找到姑丈的靈位，我們站好拜拜。姑丈過世的時候，表弟才五歲，現在他已經是個年輕人。我想姑丈地下有知，會很引以為榮的。

上了二樓，很快地我們看到了阿公阿嬤相依著，對面的是幾年前過世的四叔，我們都安靜了下來，一一行禮。四叔過世時也不過五十幾歲。他住院時我們去醫院看他，他說要去看他，就不要在他面前哭。那時他已經瘦了很多，但精神很好，他問候爸爸媽媽，也要我多照顧自己。而今，四叔的小孩也有了小小孩。我常想喜歡逗小孩的四叔要是還在，不知道會有多高興？

行完禮我們繞過菜園走回工廠，看著堂弟妹和表弟，想著我們是有血緣關係的，這血緣讓我們更近，雖然不常見面，但血緣比什麼都親。而走在這土地上，也讓我想起電影《亂世佳人》裡女主角的故鄉，在最饑荒的戰亂時代她只想回老家，年少時她不認為故鄉有什麼特別的地方，她爸爸抓了一把泥土，放在她手掌心說：「這個，會給你力量。」

我們走過菜園，走過老家，泥土沾了我的鞋，突然，我懂了，故鄉永遠是故鄉，這個定點會永遠為我存在，給我安定的力量，家的力量。

我永遠的，安定。

花生糖

那是個六月南國的清晨，從十三樓客廳的落地窗看到了綠蒼蒼的柴山，山腳下火車快飛，美術館公園樹林茂盛，晴空萬里。「早。」爸爸已經起來了，「你這麼早起啊，要不要去爬柴山？」爸爸看著遠方的山問，我還沒有決定，他已經戴好帽子，穿好球鞋，拿起一副帥氣的太陽眼鏡要出門了。我趕快胡亂打扮一番，跟著他一起出發了。

我們先開車到柴山附近，再爬山路上山。爸爸一路興致很好，他非常欣賞美術館公園，占地雖然不比紐約的中央公園，但再給它個幾年，會是個很棒的景點。高雄的太陽威力很大，我瞇起了眼睛。「小心！」爸爸閃過一輛快車，說：「前面這阿伯是怎麼開的，也不小心點。」「那裡有警察伯伯，我要開慢點。」爸爸一坐上駕駛座，一下就年輕了好多歲，搖身一變成了青春少年兄，開起車來毫不客氣，我說：「爸，那阿伯和警察可能都比你小呢。」

停好了車，我們便開始爬山。聽說這裡猴子很多，爸爸要我小心，不要看牠們，也不要餵牠們。我們隨著小徑慢慢往上爬，爸爸在前，我在後，山路上鋪有階梯，兩旁有扶手，走起來不太費力，坡度也不大。路邊的風景也在一步步往上爬時，由小樹叢變為深山茂林了。我們到達了半山腰，果真看到了猴子，不過都離我們有一段距離。越往上爬，看到的猴子也越來越多。

我們爬上一個陡坡，便來到了望海亭。「哇！」我不禁叫了出來，竟然可以遠眺台灣海峽。那麼遠的天連著海，幾艘大船在海面上看起來像玩具。在亭子裡很多人坐著聊天，欣賞風景。有一個阿伯很好心地提供茶和饅頭，我謝謝他，也拿了一個饅頭，他很小心地左顧右盼說：「你快吃，我幫你趕猴子。」

趕猴子?只見阿伯很認真地拿起兩支竹棍子,敲打了起來。他邊打邊問我好不好吃,我說好吃,也謝謝他幫我趕猴了。我吃的時候,亭子的人都在看我,那眼神好似在說,快吃快吃,不然猴子會來搶。不一會兒,阿伯發出怒吼,我嚇了一跳,看到一隻猴子跳上他的背包。我冒著噎死的危險,趕快吞下饅頭。抬頭看,果真看到很多猴子就在不遠處觀察著我們。

我捏把冷汗,走到爸爸身邊。他故作神祕地低下頭用氣音問我:「要不要吃花生糖?」他可能怕猴子也聽得懂國語。我驚慌地搖頭說:「你沒有看到那麼多猴子在旁邊的樹上?」爸爸很鎮靜地說:「我觀察過了,牠們不會過來的。」不等我回答,爸爸已經把一個花生糖塞到我手中。

我非常地緊張,to be or not to be,把糖藏在牛仔褲口袋裡,慢慢把糖果紙剝開,四方觀看。我假裝若無其事地用迅雷不及掩耳的速度把糖塞到嘴裡,很用力地咬著花生糖,但不敢大力呼吸,深怕我呼出的氣,會有花生的味道。

爸爸嘉許地點點頭，很為我的大膽舉動感到欣慰。爸爸也把他的花生糖拿出來，正準備要吃時，頓時，我的頭被打了一下！大家驚呼，阿伯跑到我們身邊好像要驅鬼般猛敲棍子，他一面奮力地敲打，一面大叫。

我看看爸爸，才知道在那短短的一秒，猴子早已算好時間，爸爸一拿出糖果來，牠就用我的頭當跳板，以極精準的動作躍向爸爸，奪走了他手中的糖！

阿伯氣急敗壞地責備說，已經要我們小心了，亭子裡的人也都覺得我們很不上道。我問爸爸有沒有受傷，他看看手，有輕微的抓傷，幸好沒有抓破皮。他說好可惜沒吃到糖，我瞪他一眼。回想剛才的情景，覺得好危險啊，也很慶幸爸爸沒有受傷。我們往回走，我也學阿伯撿了根樹枝，一面走一面敲打，警告猴子，不要來，我怕你們。

爸爸走在我前面，我越想越覺得爸爸不乖，念起他來，「爸，剛才真的很危險耶，我們很幸運，沒有受傷。你還一直拿糖給我，明明大家都說吃東西時要小心猴子……」我一直念一直念，發現爸爸根本沒在聽，還是他聽了把它當耳邊風。

突然，我了解了當父母的心情，這麼多年，他們一直叮嚀我們，不要這樣，不要那樣，要小心。而我們有真的聽進去嗎？爸爸邊走邊看風景，非常怡然自得，而我又急又氣。我想想，好像這樣也公平，小時候我不聽話，現在他不聽話。

回家後，爸爸先去買報紙，我看到媽媽，已經等不及要告訴她發生了什麼事。媽媽聽完後，比我還生氣。她說爸爸很不聽話，明明已經告訴他柴山就是這樣危險，他還帶花生糖，這不是自找麻煩嗎？我看媽媽這麼生氣，心想不妙了。果然爸爸一進門，媽媽就開始數落了起來。我聽了也很緊張，怕爸爸會因為我告狀而生氣。媽媽罵完，走去晾衣服。

爸爸看媽媽走遠了，從口袋拿出一顆花生糖問我：「要不要吃？」我噗嗤笑了，拿過糖來，我們吃了起來，一時花生的香味充滿了這六月的早晨。

道是無晴卻有晴

九月的台北常下雨，明明早上晴空萬里，一過中午轉眼間烏雲密布，嘩啦啦地就下起大雨。一雙涼鞋無緣無故變成了「雨」鞋，踩著雨水，啪嗒啪嗒地，想該去買雙雨鞋了。在街頭等爸爸，要一起坐高鐵回南部一趟，和他出門一定是坐公車，看著雨越下越大，我偷偷希望他會福至心靈的叫計程車坐到火車站。爸爸出現了，背個背包穿件T恤、牛仔褲，怎麼看都不像七十歲老翁。

他看到我，要我躲在屋簷下不要被淋濕了。他撐傘走出屋簷招了輛計程車，我們匆匆坐進車子。他說好可惜下雨了，不然坐307公車多省錢多方便，而車子一個轉彎就到火車站了。

爸爸好似對下雨天特別有感觸。記得住紐約時，只要一下雨，他會說這像台北的雨，為什麼不是像台南的雨，而像台北的雨，我一直搞不懂。雨越下越大，我們看著窗外的車水馬龍不斷，看看時間，應該趕得上高鐵。車窗有些水氣模糊了起來，此時爸爸吟起詩：

楊柳青青江水平
聞郎江上唱歌聲
東邊日出西邊雨
道是無晴卻有晴

他說：「你看，這邊下雨，那邊竟然看得到一角的藍天。」接著他打電話給媽媽，想告訴她我們等一下要出發了，她沒有接電話，爸爸掛上電話說：「欲訴相思無人訴。」我大笑，他也笑了。

我們如期坐上高鐵，爸爸買了兩份報紙準備好要來關心國家社會大事，而我也把書拿出來，爸爸湊過來看，封面上寫著「她與他朝夕相處，如膠似漆，而他竟是她最愛的敵人?!——《長腿叔叔2，親密的敵人》，珍．韋伯斯特著」。他念出來，封面上畫著俊男美女，他皺著眉說：「你也看一些有營養的，好不好？」我說這是《長腿叔叔》續集，很好看。他戴上眼鏡，埋進報紙堆，我把靠背調低了些，也看起我的書。

高鐵駛離台北，出了地面，雨滴掃過車窗，灰蒙蒙的天空蓋上了地平線。看看身旁的爸爸，突然想起小時候也和爸爸這樣坐火車從台南到台北。那是我生平第一次坐火車，只記得坐了好久好久都還沒有到。車上爸爸也是這樣看著書，而我就看著窗外，累了就睡，醒了再看。

最讓我興奮的不是站長來查票，而是泡茶的叔叔，從一頭的車廂門進來，很神勇地提起一個好大的水壺，為大家一個個地倒熱水沖泡茶葉喝。他手腳非常靈活快速，一手把杯蓋打開，一手倒入熱水，再馬上把杯蓋蓋上，我看得入神，不禁越看越靠過去，爸爸把我拉回來，「小心，水很燙的。」

一個回神，高鐵車廂的門咻地打開，一個時髦的小姐推著推車過來，「要喝點什麼嗎？咖啡或茶？」爸爸問我要喝什麼？「喝水吧。」爸爸買了水遞給我後，繼續看報紙。我看著爸爸，心想這麼多年過去了，爸爸沒有什麼變，雖然他一直說他是「老翁」，但我六歲眼中的他和現在的他，沒有什麼不同。「怎麼啦？」他發現我在看他便問我，我笑笑搖搖頭。

火車一過苗栗，很神奇地天就放晴了，好像壞天氣不干它們的事，下雨是北部才會有的。大地開始有了色彩，藍天上不只有白雲，更有纏綿悱惻的積雲，雲的那端翻滾成朵朵的浪花，綠色的稻田一直伸展到天際。我放下書，專心看起風景。去國多年，也走過一些國家，看過一些風景，但看自己家鄉的山水終究不一樣，因為這是我的，所以格外珍貴。

到了高雄我們下車，雖然可以坐計程車到家，但當然，爸爸帶我往捷運站走去。高雄捷運建得非常好，而捷運站更是特別，每一站都具有特色，非常值得參觀。「可惜媽媽沒有這麼幸運可以享受這公共運輸。」爸爸說，因為媽媽的膝蓋有些退化，所以她都坐計程車，我想她真是沒有我幸運啊。

一進捷運站，兩個小姐馬上站了起來，嚇了我們一跳。原來她們要讓座給爸爸，他謝謝她們直說不用了，才剛坐了很久的高鐵想站一下，小姐們也很堅持要爸爸坐，我們四個人就這樣僵持著。他低聲問我：「我看來有這麼老嗎？」我笑說：「所以你要跟媽媽一樣染髮。」

爸媽這一陣子在台北有事，忙了兩個多禮拜才回來，所以媽媽等我們回來，再一起打掃家裡。家裡有一陣子沒打掃，我們分工合作。爸爸堅持不開冷氣，「這樣一來可以減碳，二來，拖地會流汗，也是很好的運動。」他說。我嘟囔著天氣這麼熱，又勞動會更累，爸爸又再繼續他的大道理。我們父女一唱一和，媽媽在一旁聽了，笑著說：「你們這樣，一個人會聲帶長繭（因為一直碎碎念），一個人會耳朵長繭（一直被念），有什麼好處呢？」我們大笑。

都做完後，我們在客廳坐下，看報紙（又是看報紙！）。媽媽突然笑了，把報

清境農場（二〇一二年）。

上的句子念出來：「胡適說：『寫字讓人看不懂是不道德的。』」我們都知道她在指爸爸，他的字可謂龍飛鳳舞，勾撇點捺，下筆都非常重，也很率性，常常要寫一封信還是交報告，爸爸寫完我們幫他打字，都一定要他在身邊「認」字，不然看得眼花撩亂。

「你不道德啊。」媽媽笑說。爸爸說：「不可以這樣沒禮貌，你這樣說我，更是不道德。」我們又笑成一團。「你爸爸這輩子寫得最工整的字，就是給我的情書，後來就寫得很潦草了。」媽媽說，爸爸笑笑。「你媽媽先寫給我的。」他丟來一句後，心想我們沒有聽到，就繼續看報紙。

媽媽發聲了：「拜託，是你先寫給我的！」她放下報紙，準備翻案。我也放下報紙，洗耳恭聽。「一次我和小學同學回去找以前的老師，他家在灣裡，靠海邊。那時灣裡有廟會，很熱鬧，老師家也來了很多朋友，你爸爸就是其中一個。大家用餐後，就到海邊散步。後來，我就收到他的信了。」媽媽很得意地說，我笑了，南部午後的陽光亮晃晃地直曬進客廳。

休息片刻後，媽媽和我到陽台整理花草，我們把蘆薈根部的小蘆薈分出來，再把它們一一種到花盆裡，媽媽在一旁指揮我把土小心地撥進盆裡，再鋪上石頭。她把水慢慢澆進土裡，泥土吸收了水變軟，我再把根部壓緊。媽媽說我做事很像她年輕的時候，我說：「魯莽草率嗎？」媽媽嘖了一聲說：「才不是！你做事很乾淨俐落。」我聽了好高興，想著可以這樣和媽媽一起做園藝，真是幸福。

天空漸漸變成橙色，我們站在陽台上看遠方的柴山和彩霞，爸爸也過來站在媽媽的身邊。嗚嗚，一列火車嘟嘟地開了過去，我說：「爸爸，記不記得小時候你帶我坐火車上台北？」爸爸說他不記得了，我告訴他那趟火車坐了好久好久。媽媽聽著，手搭在我的肩上。前面的公園亮起了燈，我們看得出神。

「好漂亮。」我說，其實我想說的是，我，好愛你們。

洗碗

晚上上完課，媽媽窩心地為我準備了一份晚餐，我拿到餐桌上用餐。妹妹在餐桌上工作，把電腦收了，陪我吃飯。她雖然才回台灣幾個禮拜，但把工作也帶回來，有空時就做一些。她說很喜歡剛才學生彈的曲子，我一一唱給她聽，後來發現原來是德布西的〈夢〉。

她也笑我剛才把一個小朋友惹哭了，其實完全是誤會。小朋友喜歡彈琴，我稱讚她有音樂性，提醒她要記得把三拍彈滿時間，「要記得按住三拍啊，你剛才才按了一拍，這樣就沒有音樂性了。」我開玩笑地說，結果她就傷心地哭了起來。一看她哭，我就慌了，趕快獻出最新的貼紙。妹妹搖頭笑說我實在太不像話了。

待我吃完後，我們一起收拾桌面，把碗盤拿到廚房去。我挽起袖口，開啟水龍頭，拿起菜瓜布正要洗碗的時候，妹妹一個箭步站到旁邊，把菜瓜布搶了過去，說，「我來，你剛上完課。」

我把它搶過來，說，「你也在工作啊，我來。」結果，我用力要搶過來，她力氣也不小，眼看菜瓜布要被分成兩半了。她低吼一聲，我就讓步了。我鬆手把菜瓜布讓給她，她得意地笑了。水聲下，碗盤輕快地洗了澡。我想起小時候輪班的事。

小時候，我和妹妹都會幫忙做家事，擦擦地或桌子、整理自己的房間，或晾衣服收衣服。有一天，媽媽宣布從今天開始我們兩個負責洗碗。姊妹之間最怕吃虧，我們趕緊開起緊急會議，兩個人一起洗碗太浪費時間及體力，當下就決定禮拜一三五我洗，二四六她洗，禮拜天一起洗。這個決定我們都很滿意。當親戚朋友來訪時趕快告訴他們，下次來的時候請選在不是我洗碗的那天，他們都笑壞了。

台北家中。

記得吃完晚飯，我們就乖乖照著輪班的日子洗碗。有多出來的家事，兩個人一起做，這樣才划算。一直以為當學生每天上學很辛苦，長大後才發現原來爸爸媽媽更辛苦。

那時白天上完班，爸爸晚上還去學校兼課，媽媽要準備晚餐及隔天的午餐便當，一天二十四小時一下子就用完了。以前覺得洗個碗真是給了爸媽天大的福利，現在想想，那本來就是我們小孩子應該做的事。當爸媽都為我們的家努力奮鬥時，我們怎麼可以這樣吃完飯擦擦嘴就離席？

媽媽做了一輩子的家事，後來，爸爸退休後就接手包辦了幾乎全部的家事。爸爸做出了心得，把每一份家事做到極致，也發展出一套最有效率的做法，要我們也跟進。偶爾我會質問他的方法，覺得我的做法比較好，後來想何必和爸爸過不去，就用他的方法來做家事。爸爸出手極高，他洗過的碗盤乾淨發亮，擦過的水槽會反光。

爸爸洗碗的時候也很熱鬧，筷子、鍋子、碗，叮叮咚咚地發出不同的聲響，有時如打雷，有時如下大雨般地驚天動地，轟動武林。我想起台語的民謠：

阿公要煮鹹　阿嬤要煮淡
二個相打弄破鼎
咿呀嘿呀啷噹叱噹嗆

幾次我敏感的耳朵受不了，走到廚房想請他小聲一點，卻看到他一副怡然自得，擦擦洗洗又刷刷，還哼著歌吹著口哨。我笑了，退出廚房，讓他享受「廚房交響曲」。他洗完碗，很滿意結果，走出廚房，看看客廳的地板，再看看我。知道他會給我兩個選擇，吸塵或擦地板。

我把爸爸的「廚房交響曲」告訴妹妹，她也笑了。看到報章雜誌上訪問一些成功人士，說小時候爸媽不讓他們做家事，只要他們認真讀書，也想起在當老師的朋友說起班上的小朋友極少做家事，也是同樣的理由，專心學業，其他的交給長輩負責。不禁想起小時候，不管功課有多少，考試考得有多不理想，禮拜一三五就是我洗碗的日子，家事和功課沒有畫上等號。家事是家裡的事，功課是學校的事，都要做，也都一樣重要。

妹妹洗完了碗，我謝謝她。她笑著問我，吸塵和擦地，我要選哪一樣。我笑說，爸爸一定會以我們為榮。

我的百分百女孩

晚上十點媽媽回家了，我為她開門，問她去哪裡了。她把袋子交給我，人半倒在沙發上答道：「舞廳。」我駭笑。她說：「再幾天就要檢定考試了，和老師去練舞，舞廳的場地夠大，才能練華爾滋和英式探戈，等一下還要再看ＤＶＤ複習，好累啊！」她邊說邊揉她的腳，袋子裡她拿出一雙已經磨損黑色的練習舞鞋，自言自語道：「又壞了，明天得再去買一雙新的了。對了，你有幫我註冊嗎？」

我坐過來，把課表拿給她看：「想不到你的學校那麼難註冊，早上八點一到，才登入沒多久，課就快滿了，我幫你註冊到了禮拜三的古典音樂課。」她謝謝我。問還有什麼課，我說食物養生烹飪課。她搖搖頭說不需要，「還有心靈雞湯修身課呢。」她說更不需要。我們都笑了。

想以前她在美國社區大學修英文課時，上課日我比她還早起，叫她起床上學，不然她會賴床，要是那天有考試，她更會賴皮，而且會緊張到拉肚子。雖然她不是最好學的學生，但每一期都去報名，偏偏又常缺課去旅行。

看她這次報名古典音樂，我問她是否真有興趣。她說當然，「不過，我得先把社交舞的裁判執照拿到，才能去上課。」我說：「你不要第一堂課就缺課，這樣給人的印象不好。」她閉上眼，不知道是在休息，還是敷衍我。我把報名表放在桌上說：「明天記得去報到。乖。」

媽媽就是這樣，對什麼都很有興趣，不只有興趣，還會去鑽研。她可以告訴你路邊的樹叫什麼名字，相似的還有哪些，還會辨認路旁的花草；喜歡藝術，就去博物館當義工，當義工前要先上課考試。她認真地上課，不久也拿到義工資格。

我和我的鋼琴VIENNA。牆上和鋼琴上的人造花及國畫，皆出自多才多藝的媽媽（一九七七年）。

家裡的浴室掛有兩幅世界名畫，哥雅的「瑪雅」：一張有穿衣服，一張裸體。我很得意地告訴她，去西班牙時看過這兩幅真跡。她輕笑說：「那你以為我是在哪裡買到這複製畫的？」原來，她早去過普拉多美術館。

二十多年前，她開始教跳舞，現在她更帶了一個小團體，每天早上在固定的地方跳舞運動。之後，她們一起吃早餐，去逛菜市場。中午有時候再一起吃飯，或約下午茶、看電影，或看展覽，非常享受人生。她們還常出遊，到處遊山玩水，什麼地方有美景，什麼地方有得玩，問媽媽準沒錯。

那天她在看DVD複習舞步，問我要不要看她編的舞，我說好。她放給我看，是一支民俗舞，銀幕上的她一身粉紅的唐裝，拿著飄扇。媽媽的舞步輕盈，身段姣好，體態優美。我邊看邊讚嘆，真的太厲害了。想起朋友借我wii，問她要不要來挑戰跳舞擂台。她興趣來了，我放上Lady Gaga的〈Poker Face〉說，「準備好，要開始了。」她很專心地看銀幕，跟著跳了起來，最後的得分是六位數，而完成的步數是百分百。她聳聳肩說，「這就是傳說中的wii啊，不難啊！」

過了幾天，我收到她的簡訊，說她通過檢定了！現在她參加的舞蹈總會的證照都有了。「終於可以讓我的腳好好地休息一陣子了。」問她古典音樂課上得如何，她說那天聽歌劇，有個同學打鼾打得好大聲，大家一直笑，而那位同學還是一直睡。她說她也差點睡著，但聽那打鼾聲，反而睡不著了。

看她這麼好學，問她小時候是不是有很好的成長環境，她說剛好相反。小時候家裡很窮，根本沒有桌子，要寫功課，就拿一片木板鋪在草蓆上寫。要吃飯時，就把功課收一收，木板就變飯桌了。雖然家裡窮，但一張木板也可以寫字讀書的。她考上第一志願的高中，因為沒錢，就去讀師範學校。

樂觀的個性，使她不管在哪裡都怡然自得。一如多年後，旅居美國，她也上大學修課，也在台灣會館工作，盡其所能地教跳舞、教中文。和她在一起，總會感覺到生活的美好，生命的可貴。

我想起那一天中午和媽媽一起在外面吃飯，她提議去看電影，到了電影院沒有什麼想看的。看看時間，我得回去上課，就先走了。那天晚上上完課，媽媽還沒有回家，打電話問她在哪裡，她說我走了以後，她先到銀行辦事，再坐捷運到淡水，在靠河岸的咖啡館喝咖啡，看人潮，也看潮汐，街頭歌手還為她唱歌呢。而現在，正看著夕陽。

我不禁再一次的自嘆不如了，是怎麼樣的熱情，怎麼樣的一顆心，讓她可以看著一百次一千次的夕陽，還是覺得美？即使在三十八度高溫的台北市，她可以把它過得像《巴黎我愛你》的浪漫？所以，那天我收到她的簡訊，「在植物園，看到你說的小鴨鴨，有五隻。」我笑了。再過幾分鐘，她又傳來「八隻」。我想像她好奇又開心地在池畔看荷花找小鴨子。我想我不能再更愛我媽媽了，我永遠的百分百女孩！

人間好時節

五月宜人的早晨，和爸爸吃完簡單的早餐，走到植物園運動。爸爸帶我走了條捷徑到植物園，對這一帶已經很熟的我，想不到他竟然還找得出新的路線。爸爸走得很快，我小跑步跟上。「活動活動，活著就是要動。」他一邊走一邊說著，也要我快一點。「咦，獅子老師，你乂不是我這把年紀的人，怎麼走得比我慢？哈哈哈。」自從有了這個筆名，他很喜歡如此稱呼我，聽了也覺得有趣。

我們從博愛路的入口走進植物園，一些年輕人在樹下停了摩托車聊天。我一看，那不是豆導嗎？趕快壓低帽子低聲告訴爸爸：「爸，你看你看，前面那個穿牛仔褲的就是豆導啊，電影《艋舺》的那個導演。」爸爸也很上道，故意很不經意地瞄了那年輕人，他說：「你老花啦！那不是豆導啦，差那麼多。」爸爸說得很大聲，害我很不好意思。

一到植物園，好像進入異次元空間，來到了自日據時代就存在的綠色世界，一切的綠皆來自大自然，一切都長自土地，盤古開天以來，就是如此。我們做伸展動作，一面走路，一面深呼吸。這裡只剩下人與大自然，什麼大都會，什麼捷運，什麼五都計畫，都在植物園之外，這裡給你的，就是樹與天空。

爸爸和我邊走邊聊天，我們看到一群幼稚園小朋友，對著池塘裡的小番鴨發出讚嘆，我們也停下與他們一起找尋在荷葉裡鑽進又鑽出的小鴨子。「啊，你看你看，小鴨鴨在這裡！」「牠們游到那裡了！」在這驚嘆聲中，爸爸突然問我，「你有沒有最低學歷？」

我愣了一下，想了很久，印象裡幼稚園好像只讀了一個學期。我一提，爸爸若有所思地說：「對對，我想起來了，那時沒有錢繼續讓你讀幼稚園，所以你沒有最低學歷，哈哈哈。」

突然手機響了，爸爸接了電話。我們走上一座木橋，一條小溪安安靜靜地流著，兩旁的野薑花開起如白色蝴蝶的花朵，香味甜美如蜂蜜。從橋上望去，陽光從樹梢照下，如莫內的畫。爸爸說完了電話，問：「我們剛才在說什麼？」我說我也忘了，我們大笑。他說要告訴我一個〈四個老人的故事〉。

有四個老人聚在一起打麻將，其中一個打到一半去上廁所。上完廁所後，想不起他剛才在做什麼，就回家去了。剩下那三個老人等不到他，想打電話找他，卻怎麼也想不起他叫什麼名字。我聽了哈哈大笑，爸爸說剛才我們這樣，也可以叫〈兩個老人的故事〉了。

走著走著，太陽也越來越大，我們走到涼亭下休息。附近有很多坐在輪椅上的老人被看護推著曬太陽，或在樹下乘涼，也有阿嬤帶著孫子，推著娃娃車。爸爸摘下帽子擦擦汗，沉默了一會兒後說：「那天我自己來這裡走路，看到一個老人坐在輪椅上，背對著我，我覺得那背影很熟悉，便走到他前面看看，果真是我以前的一位同事。他還認得我，問他是怎麼回事，他說是中風，兩年了，看護說是三年了，他還剝了塊麵包要分我吃呢。」

爸爸沒了聲音，嘆了口氣說：「那時我心裡只有四個字：哀哉晚年。」我沒有說話，看人生在眼前呈現，我們可以擁有的不過是現在的這一刻啊。爸爸站了起來說：「才走四十分鐘不夠的，來，我們繼續。」他快速地走在我前面，說：「你知道嗎？獅子老師，前一陣子我腳扭傷走不快，現在又可以走快了，好幸福好幸福。」

我想可以走，可以動，可以和爸爸一起走植物園，真的是非常幸福。我緊緊、緊緊地跟著他，一步也不願錯過。

爸爸的背影。台北植物園。

心中的安德烈

我有五個叔叔一個姑姑，姑姑排第六，她之後還有一個小叔叔，我都叫六叔。小時候姑姑和六叔與我們住過一陣子，我的相簿打開，可以看到阿嬤和爸爸媽媽抱著剛出生的我，再翻下去就是姑姑和六叔抱著我。他們之中又屬爸爸和姑姑長得最像阿嬤，爸爸是書生型的斯文，而姑姑很秀氣。

這些叔叔姑姑中我只認得姑姑娟秀的筆跡，因為她和我通過信。姑姑讀大學時上台北，我和妹妹想念她，還央求媽媽給我們信紙，寫起斗大的注音符號的家書給她。姑姑也沒有讓我們等太久，幾天後，就會收到她寄自台北市臨沂街住址的回信。姑姑說台北很好玩，等什麼時候我們上去，她要帶我們到動物園，說我們一定會喜歡。又說她租住的地方有老鼠，有一天老鼠跑出來玩，把她們幾個女生嚇得大叫，所有的人都站在椅子上，久久不敢回床上睡覺。

後來，姑姑畢業做了幾年事後，相親結了婚，每年的除夕團圓飯更熱鬧了。家裡五個叔叔加上他們的家人，現在又多了姑姑的新夫婿，喜氣洋洋。然後，表弟出生了，白胖胖的可愛極了。因為我們都姓王，常會忘了表弟和我們不同姓，而叫錯他的姓名，阿嬤都會糾正我們。

表弟小時候很好玩，開始學會說話後，很愛說故事，只要你被他「逮」到，他會把你當他的聽眾，把故事和笑話一一說給你聽，你假裝上廁所或講電話，沒關係，他會等你，然後再繼續說。那時的我已經讀專校了，看他說個不停，就彈起鋼琴。想不到他竟然停止說話了，我再看他，他雙手摀著耳朵說：「大姊，不要彈了，好吵喔。」我大笑，彈得更大聲。

他趕快跑去找阿嬤，手還摀著耳朵說：「阿嬤，你叫大姊不要彈琴了，好難

和阿嬤、姑姑在兒童樂園。

聽。」阿嬤說不行的，大姊得練琴。他聽了不服氣，再跑回我身邊，繼續抗議：「很難聽啦，大姊，很難聽。」

不幸地，在表弟還沒有上小學的時候，姑丈就因病過世了。大家都很吃驚，正值壯年的他怎麼會這麼早就走了？我們都很擔心小表弟，問他知不知道發生什麼事。他天真地說他們送爸爸上山，坐了好久的車。「爸爸還會帶我去兒童樂園，他說的。」他終究不懂什麼是上山。

姑姑有一家貿易公司，和姑丈的親戚們一起經營，而爸爸和叔叔們就是姑姑的精神後盾。除夕夜大家還是聚在一起吃年夜飯，表弟就這麼長人了。表弟也讀我的小學，姑姑說他在學校成績不錯，她沒有特別逼他，但她很注重他的品行。表弟倒也乖，沒有帶給她任何煩惱。一次姑姑問我認不認識楊老師，我說不是很熟，但她的女兒和我同班。姑姑嘆了口氣說：「我們去懇親會時，楊老師和大家有說有笑，就是不來和我們說話，等了好久後才來，但也只說了一句話……」

姑姑停了一下：「她說我們是『單親家庭』，所以要多注意。要多注意什麼？

表弟功課雖不是班上第一，但又乖又有禮貌，為何獨獨這樣對我們說呢？」我不知道要說什麼，很想馬上告訴楊老師，不要這樣對待我的姑姑和表弟。

我想姑姑比別的媽媽們辛苦，但她從來沒有在我們面前說什麼。她很注意表弟的成長過程，要他多看看這世界，不要只待在家裡讀書。爸爸和叔叔們特別照顧這個表弟，要他注意身體健康和功課，表弟總是很認真地聽。後來，他考大學想讀中文系，姑姑勸他考慮經濟系，他想寫作的話，即使讀經濟系也可以寫作，他們決定讓成績來分發。成績出來了，他上了經濟系。

他大學的暑假也去貿易公司打工，遇有不會的問題就打電話問姑姑，姑姑把她的專業傳授給他，而他也很受教。交了女朋友，他也告訴姑姑，姑姑教他如何尊重女孩子，彼此照顧。雖然他在外地讀書，但他知道他不會辜負姑姑對他的期望，他盡量做到最好。大學畢業後，就到英國讀研究所了。

中秋節時我們在鄉下叔叔的工廠聚餐，表弟也來了，他已經從英國拿到ＭＢＡ

回台灣工作。看他和堂弟們在台上唱歌，想起他小時候說我彈琴很吵，不禁笑了起來。姑姑坐我旁邊，我問她都用什麼保養品，皮膚這麼好。吃完飯爸爸說來杯咖啡吧，最近的7-ELEVEn在二十公里之外，一群哥兒們就騎著摩托車去買咖啡了。

我和姑姑到工廠外走走。我想我們的根在這兒，人生的路在離開了這兒後，有了不同的方向，但這兒就是家鄉。姑姑問我最近好不好。我說很好，教琴、寫作，雖然忙，但很充實。她說以前和爸爸說工作很累時，爸爸會說，「誰的工作不辛苦。」我們一起說出爸爸的這句名言，都笑了。她說表弟工作忙，她也是這樣告訴他的，我說他真是個好孩子，姑姑笑笑說，「不錯啦。」

我想起龍應台寫的《親愛的安德烈》，她渴望孩子與她溝通，任何的溝通都好，她想要了解他。而表弟和姑姑，兩個人的家，緊緊地綁著，每每聽到他們的互動，我總是感動莫名。天黑了，月亮出來了，我指給姑姑看。

千江有水千江月，萬里無雲萬里天。月光照在鄉下的平原上，廣大寬容如母親的愛，穩固扎實如我們的根，也如天上的月亮，永遠不會改變。

我，離開了你

火車停了下來，「台南，台南站到了。」我走下車廂，一階階，來到了台南。人來人往，就我一人。四處張望，「台南」兩個字，白底藍字，如台南天空的顏色。一直私心地認為台南的雲朵是最漂亮的，又大又厚又飽滿，整個天空，整個天際，沒有盡頭，沒有終點。

每次來到這個車站，總是感傷。一個我從小稱為家鄉的地方，不能再稱為家。和台南唯一的關係只剩下身分證上的出生地。「你是哪裡人？」「台南人。」後來，我回答得很心虛。我可以再稱自己是台南人嗎？走出車站，要去做禮拜，還有時間，便決定要走過去。一直想好好地走在台南，一步一步地，不急不趕的。

好友碧去年從美國搬回台灣，還沒有決定落腳在哪個城市時。她告訴先生，可以的話，她想住台南市。「台南是古都呢。」她的理由很冠冕堂皇。但他們回來，住到台北市去了。趁春假時他們計畫到台南玩，當知道他們要來台南，我比他們還興奮，e-mail寫得落落長，囑咐他們一定要去看最美的忠義國小，校園連接到隔壁的孔廟，非常古色古香；對面的福記肉圓和莉莉水果冰不能錯過；成大的綠色隧道和老榕樹一定要去看。

我懷著緊張的心情問歸來的碧，台南之行可滿意否？可是她想定居的古都？她很誠實地告訴我，他們只有一兩天的時間，而台南和她想像的古都有一些落差，交通紛亂，熱鬧擁擠，就同任何一個城市般。什麼？同任何一個城市？我心碎了。不是，不是這樣的。我心愛的台南給人家的印象怎麼會是如此的普通呢？我想告訴她，台南一點也不普通。

台南的夏天，很熱鬧，很囂張地熱，也很囂張地鬧。我讀的小學不大，四周圍種滿了鳳凰樹，每到五、六月真如畢業歌唱的，鳳凰花正盛開。低垂的枝椏伸進

我們和小堂妹。

阿公阿嬤在台南安定老家藍色大門前。

二樓六年級的教室走廊，隨手就可以輕易摘到鳳凰花。

夏天炎熱，我常就著地上的大理石地板而睡，而早上朝會汗流浹背，讀到楊照的《飲酒時你總不在身邊》，提及在南部當兵時，中午把制服洗一洗，午覺起來，衣服也曬乾了。這完全就是我熟悉的炙熱。知了的鳴叫比什麼都喧嘩，等叫啞了嗓子，夏天也過了。

也想告訴她，國泰企業Logo的那棵榕樹不只是一棵老榕樹，曾經我在樹下學騎腳踏車，也試著爬上它，更在離開台南很久以後，在異鄉夢見過它。它是台南孩子一個永遠不會變的定數，穩穩地站在成大的校園裡，為台南人庇護著童年及未完成的夢。

而孔廟，在台南意義又不一樣，它是台灣第一座孔廟，可見台南多有文化。小時候爸爸常騎腳踏車載我，先到美國新聞處（如今是古蹟）看看英文雜誌，再帶我來孔廟。他打太極拳，而我在樹下發呆。

還有全美戲院，就如吳念真九份的昇平戲院。巨大的電影招牌，曾經畫著戰火中的白瑞德抱著郝思嘉，它把《亂世佳人》放大了，也把電影世界放大了，所以我們現在才有李安。二輪電影，兩片同映，媽媽帶我和妹妹，中場一定要吃一支藍鷹冰淇淋。我一定是吃檸檬，她們一定吃紅豆。

至於東豐路上的阿勃勒花，在我小時候還沒有如現在下起黃金雨的盛況。記得有一夏夜，我經過東豐路，聽到輕柔的華爾滋，看到人行道上一對對男女就著路燈跳著舞，而金黃色的阿勃勒花串隨著夜風飄揚，如十九世紀印象派的畫。

時間在台南，我想，只停留在我的回憶裡。它還是一樣，也已經不一樣。如我的小學，以前曾經那麼大的地方，現在看就那麼小。四周二層樓高的教室，已經不復存在，新蓋的大樓和禮堂使得以前的升旗台看來更小。它還是在，但就是不一樣，不再一樣。

我走在民族路上，一半的商店我還認得，一半的店就不認得了。我知道的台南已經很有限了，當台南的親戚告訴我台南的種種變化，我專心地聽著，想像它的美，也，只能想像了。所以，對碧的感想，我有點傷心，因為，台南真的一點也不普通。或者，台南對我來說，永遠不會只是個普通的城市。

車子不斷從我身邊呼嘯而過，不等人，如記憶裡的台南與我。看著天上變化的雲朵，我不禁唱起，數著片片的白雲，我，離開了你。

藍色大門

早上收到一封來自阿傑的e-mail，他是六叔的兒子，也是我們王家堂姊弟妹裡最小的堂弟，而我是最大的，所以堂弟妹們都稱我大姊。打開信件一看，他要結婚了！我很驚喜，曾幾何時小堂弟已經長大成人。他附上他們預先拍的結婚照，照片上一對璧人，喜氣洋洋，而看到背景，我愣住了——是我們的藍色大門。

阿傑出生時，我已經十六歲了，看著他白白胖胖的，覺得好可愛。有一陣子六叔住得很近，所以我常看到阿傑。記得我在廚房裡切水果，他在學步車裡學走路，就從客廳邊走邊滑地到我身旁，還不會說話的他，指指水果，再指指嘴巴，我把切好的梨子拿給他。他總會對我點頭示意表示謝謝，再滑到客廳去。我笑著想好有禮貌的小孩啊，還不會說話，就會點頭敬禮了。

那時候我還沒有出國讀書，常回鄉下看阿公阿嬤，六叔也回去時，就會看到阿傑在老家的院子裡玩耍。他會拿玩具挖土或到處跑來跑去，曬得黑黑瘦瘦的，簡直就是我童年的再版。老家的大門是漆成藍色的兩扇木門，而後面通往廚房的門也是藍色的。廚房的那扇門是我們快樂童年的入口，一打開，就可以看到阿嬤在裡面，笑吟吟地歡迎我們回家，廚房餐桌上已經擺好了一桌菜，給歸來的家人。

後來，出國讀書再回來時，就當起老師教書了。那年回來，六叔開車去機場接我，我一出境，就看到阿傑拿著一束花，看到我很開心地跑過來，叫了一聲大姊。後來，我才知道，要出發來接我時，因為六叔六嬸再加上媽媽車子坐不下，大人就叫他在家裡等，想不到他竟然傷心地大哭。媽媽把位置讓給他，他才破涕為笑。

在台南教書那年，我就近和六叔六嬸住，阿傑也小學三年級了。六嬸問我願不願意教他彈鋼琴，他以前學過一陣，我欣然答應。阿傑學得很好，大小調音階的樂理他一點就通，曲子也越彈越複雜，我曾經想帶他去參加鋼琴比賽。我們也是唱卡拉ＯＫ的好夥伴，最拿手的歌是優客李林的〈Just for you〉，一人唱主旋律，另外一個配和聲，雖然沒有練習過，但麥克風拿在手上，很自然地我們就唱成兩個聲部。我常笑說阿傑音樂基因和我一樣。

想不到阿傑要結婚了，我恭喜他，問他怎麼會想到回鄉下老家拍婚紗。他說現在的新人拍婚紗一定會去古厝拍照，他想何必去找古厝，我們鄉下老家更有味道，而且更有意義。雖然，攝影師不是很願意，因為路途遙遠，但阿傑很堅持，他的新娘子也很配合，就到老家來拍婚紗了。「大姊，那是我們堂姊弟妹的共同回憶啊。」他說。想不到他也記得，也珍惜在鄉下的童年。

那棟古厝現在已經荒廢了，當倉庫使用，大門用鐵絲纏繞起來，而側面廚房的門緊緊地從裡面扣住，打不開了。阿傑告訴我，有一天他發了，他要好好整頓老家。「因為那是大家的，而且，阿公阿嬤會很高興大家回來看他們。」我稱讚他有這樣的想法，他說是大伯的影響。大伯？那不就是我爸爸。

台南安定老家（上）。
堂弟在台南老家拍婚紗照（下）。

他繼續告訴我，大伯身為大哥，對這些弟弟們和妹妹都很照顧，他們對爸爸也很敬重，長兄如父。「所以，爸爸媽媽常要我們向大伯多學學。」雖然叔叔們和姑姑不住在同一個城市，但只要有重大節日，還是會聚在一起，一夥人大大小小加一加，要三桌才坐得下。聚餐時一定是笑聲不斷，爸爸一說話，大家就安靜專心聽。

這樣的歡樂時光我們覺得理所當然，阿傑告訴我，他的朋友們看我們家的聚會這麼和諧，向心力十足，都覺得很不可思議。他才知道不是每個家都可以有這樣的笑聲。叔叔們笑說，家裡沒有什麼家產，所以，大家有的就是親情，而這才是最無價的家產啊。

我看著阿傑和新娘子在藍色大門前的合照，我想生命就這樣延續下去。愛，就這樣延續下去。小樹長成大樹，大樹看護小樹。藍色的油漆雖然已經剝落，但愛，不會斑駁，愛的顏色漆在我們的心裡，永遠鮮豔。

2012 **12/8** 新書簽講會

【主題】

不讓你看見我的眼淚

主　講／獅子老師

時　間／12/8（六）15：30～17：00

地　點／紀伊國屋微風店

（台北市復興南路一段39號5F）

電話：02- 27212304

洽詢電話／02-27494988

（免費入場，額滿為止）

國家圖書館預行編目資料

不讓你看見我的眼淚：阿嬤、妹妹和爸媽／獅子老師著. --初版. --臺北市：寶瓶文化, 2012.10
面；　公分. --（island；183）
ISBN 978-986-5896-06-5（平裝）

855　　　101020564

island 183

不讓你看見我的眼淚——阿嬤、妹妹和爸媽

作者／獅子老師
主編／張純玲

發行人／張寶琴
社長兼總編輯／朱亞君
主編／張純玲・簡伊玲
編輯／禹鐘月・賴逸娟
美術主編／林慧雯
校對／張純玲・劉素芬・呂佳真
企劃副理／蘇靜玲
業務經理／盧金城
財務主任／歐素琪　業務助理／林裕翔
出版者／寶瓶文化事業有限公司
地址／台北市110信義區基隆路一段180號8樓
電話／(02)27494988　傳真／(02)27495072
郵政劃撥／19446403　寶瓶文化事業有限公司
印刷廠／世和印製企業有限公司
總經銷／大和書報圖書股份有限公司　電話／(02)89902588
地址／新北市五股工業區五工五路2號　傳真／(02)22997900
E-mail／aquarius@udngroup.com

法律顧問／理律法律事務所陳長文律師、蔣大中律師
如有破損或裝訂錯誤，請寄回本公司更換
著作完成日期／二〇一二年八月
初版一刷日期／二〇一二年十月
初版二刷日期／二〇一二年十月二十五日
ISBN／978-986-5896-06-5
定價／三〇〇元

AQUARIUS 寶瓶 文化事業

愛書人卡

感謝您熱心的為我們填寫，
對您的意見，我們會認真的加以參考，
希望寶瓶文化推出的每一本書，都能得到您的肯定與永遠的支持。

系列：island 183　書名：不讓你看見我的眼淚——阿嬤、妹妹和爸媽

1. 姓名：________________　性別：□男　□女

2. 生日：_____年_____月_____日

3. 教育程度：□大學以上　□大學　□專科　□高中、高職　□高中職以下

4. 職業：______________

5. 聯絡地址：____

聯絡電話：________________　手機：________________

6. E-mail信箱：_________________________________

□同意　□不同意　免費獲得寶瓶文化叢書訊息

7. 購買日期：____ 年 ____ 月 ____日

8. 您得知本書的管道：□報紙／雜誌　□電視／電台　□親友介紹　□逛書店　□網路

□傳單／海報　□廣告　□其他

9. 您在哪裡買到本書：□書店，店名__________　□劃撥　□現場活動　□贈書

□網路購書，網站名稱：____________　□其他__________

10. 對本書的建議：（請填代號　1. 滿意　2. 尚可　3. 再改進，請提供意見）

內容：________________________

封面：________________________

編排：________________________

其他：________________________

綜合意見：____

11. 希望我們未來出版哪一類的書籍：_________________________________

讓文字與書寫的聲音大鳴大放

寶瓶文化事業有限公司

（請沿此虛線剪下）

廣 告 回 函
北區郵政管理局登記
證北台字15345號
免貼郵票

寶瓶文化事業有限公司 收

110台北市信義區基隆路一段180號8樓

8F,180 KEELUNG RD.,SEC.1,

TAIPEI.(110)TAIWAN R.O.C.

（請沿虛線對折後寄回，謝謝）